AF425986

نبذةٌ عن الكاتب

البنين؛ هي كاتبةٌ بعمر الحادية والعشرين سنةً، شغوفةٌ بكتابة مختلف الأنواع من القصص؛ منها الخياليّة، والملحميَّة، والتاريخيَّة الملكيّة، فيها الغموضُ، وكذلك القليل من القصص الرومانسيّة.

جميعها بأفكارٍ مبتكرَةٍ.

البنين

سبعُ فتيات + واحدة

AUSTIN MACAULEY PUBLISHERS™

LONDON • CAMBRIDGE • NEW YORK • SHARJAH

الفصل الأوَّل
2017/10/2

كانتِ السّماء السوداء المليئةُ بالنّجوم الواضحة للرؤيةِ حيثُ الغابةُ المعزولةُ هي أنيسُ الشقيقاتِ السّبع، يصعدْنَ إلى سطح القصر برفقةِ الشّقيقة الكبرى لمراقبة النّجومِ ليلًا، أو لاستنشاق الهواء صباحًا.

يدخلنَ بهدوءٍ خشية أن يصدرْنَ أيّ صوتٍ! وهنَّ شبهُ جاثياتٍ على رُكبهنَّ، وإحداهنَّ على كرسيٍّ خشبيٍّ متحركٍ مطأطئةً رأسها خوفاً من أن يراهُنَّ شخصٌ ما في هذه الغابة المعزولة، ثمَّ يستلقينَ على الأرض ويراقبْنَ النجوم، وأحياناً القمرَ كاملاً كان أو بدراً.

كانتِ الأختُ الكُبرى لديها معرفةٌ لا بأس بها بالكواكبِ والنُّجومِ، ولم تسأمْ من أن تسردَ لهُنَّ ما تعلَمَتهُ عن تلك السّماء، لتخبرَهنَّ باسم هذا الكوكبِ وتلك النجمةِ.

قالَت أكبرهُنَّ: "إنَّه يومٌ مميَّزٌ في علم الفلكِ، أترينَ ذلك الشّيء الأحمر الصّغير هناك؟! إنَّه المرّيخُ، يظهر بهذا الشّكل الواضحِ مرّةً كلَّ عدة أعوام."

تساءلتْ الشّقيقةُ الأصغر بفضولٍ: "هل يوجدُ مخلوقاتٌ في هذا الكوكب؟! مثل طبيعة كوكبنا!"

أجابَت مشيرةً إلى ما تعلَّمَتهُ سابقاً:

"من المعروفِ عنه أنَّهُ قد يكونُ صالحًا للعيش، لكن لم يكتشفوا فيه أيّ مخلوقاتٍ، حسبَ ما تعلَّمتُ!"

أردفَت بصدقٍ: "أمّا الآن، لا أعلم حقًّا!"

قالت إحدى الأخوات: "أريدُ العودةَ!"

سألتها الكُبرى: "لماذا؟!"

أعادَت كلامَها بصوتٍ مُرتفعٍ: "أريد العودةَ فقط! دعونا نعودُ إلى داخل القصرِ!"

قالَت مادي محذّرة إيّاها: "سول! اخفضي صوتَك!"

هنا بكتِ الفتاةُ ذاتُ الكرسيّ المتحرّكِ، وقالت: "هل سأحترقُ حيّةً مرّةً أُخرى؟!"

قالتِ الكُبرى محاولةً تهدئتَهُنَّ: "اهدأنَ! نحن بأمانٍ، لا أحدَ يستطيعُ رؤيتنا، أو سماعنا!"

زحفَت سـول على ركبتيها وغادرت أوَّلاً، ثمَّ تبعتَها مادي زاحفةً مثلها، وفتاة الكرسيّ المتحرّك وكانت تبكي، والصُّغرى خلفَها تزحف على ركبتيها أيضاً.

تبقّت اثنتان قامتا بإمساك الأختِ الكُبرى من يديها وعادَتا بها إلى الدّاخل وهُنَّ زاحفاتٌ على ركبهنَّ.

كانَ سياج السّطح لا يتعدّى المئة بوصة، ولذا هنَّ لا يسرْنَ بكامل أجسادِهُنَّ على السّطح، فقط نصفها ويستلقيْنَ بعدها.

....

كوريا الجنوبية 2017/9/30

أثناء يومٍ طويل ومتعبٍ ديلانسي حصلَت على خبرٍ غير سارٍّ؛ يُفيد باستلامها أمر تجهيز الفرقة الصّاعدة من أجلِ تصوير أغنية ظهورهم الأولى.

حيثُ أتَت مسؤولةُ الفريق إلى مكانِ عمل ديلانسي لتخبرَها بما وُكّلتْ به: "أنسة ديلانسي، غداً ستذهبين مع الفرقة الصّاعدة من أجل تصوير أغنية ظهورهم!"

توقَّفَت ديلانسي عن عملها وقالَت: "لكنّي لستُ مسؤولةً عن الفِرق الصّاعدة!"

بحكم خبرتها الطويلة، ومهاراتها الرائعة في التّجميل؛ فهي لا تتعامَلُ إلّا مع الفنّانين والمشاهير الكبار في الصناعة الترفيهيّةِ. قالَت لها مسؤولةُ الفريق:

"المدير التّنفيذيّ يبذل قصارى جهده على هذه الفرقةِ، ولذلك هو قامَ بتوكيلك شخصيّاً لتكوني مسؤولةً عن مظهرهم، فلا يوجد أحدٌ بمثل مهاراتك!"

- "ومَن سيأخذ مكاني إذا ذهبتُ؟! لديّ جدولٌ بالفعل!"

- "يومين لن يضرًّا! نحن نتدبَّرُ الأمر. وأردفَت: "أيضاً سيصوّرون أغنيتهم في باريس!"

قالت ديلانسي بتفاجُؤٍ، غير مرحّبة بالفكرة:

- "يا إلهي!" ثمَّ أردفت قائلة: "كان عليكم أن تخبروني قبل عدّة أيّامٍ على أقلِّ تقديرٍ!"

- لم نتوقّعْ أنَّ الأمر يستلزم الذّهاب إلى باريس أبداً!

أقدِّرُ تفاجُؤكِ حقّاً! لكن حتّى المتدرّبين والفريق المسؤول عنهم لم يكونوا يعلمون بتاريخ ترسيمهم، لقد تفاجأنا جميعاً من هذا القرار."

سألَت ديلانسي:

- "ما الهدف من هذا القرار المفاجئ؟!"

- "المدير التّنفيذيُّ يرى أنّ هذه الأيّام هي الوقت مناسب لظهورهم!"

- "آمل فقط ألّا يفشلوا مع قراره المفاجئ هذا!"

- "إذن، هل أنتِ موافقةٌ؟!"

- "نعم، سأذهبُ معهم! على الأقلِّ سأجعلُهم يظهرون بشكلٍ جيّد إن فشلوا!"

قالَت ديلانسي هذا ثمَّ عادَت إلى عملِها.

وعند انتهائها تواصلَت مع المدير التّنفيذيِّ الخاصِّ بالشركةِ الّتي تعملُ بها كفنّانةٍ تجميّلة، وحصلت على صفقةٍ رائعةٍ؛ فهي طلبَت منه إجازةً لمدّةِ أسبوعٍ إذا ذهبت مع الفريق إلى باريس قائلة: إنَّ الشركة إذا استطاعَت تدبُّرَ أمرِ غيابها ليومين، سيستطيعون تدبُّره لأسبوع أيضاً!

والمدير التنفيذي لم يرفض طلبَها.

ديلانسي فتاةٌ من ذوي العِرق المختلط، والدها كنديٌّ، ووالدتها كوريّةٌ، لديها موهبةُ التّجميلِ، وجاءت للعمل في كوريا، وكان قرارًا صائبًا للغاية، فهُنا حصلت على شهرةٍ كبيرةٍ، وهي تعملُ بشكلٍ حرٍّ ومع عدّة شركاتٍ أُخرى أيضاً! لديها حساباتٌ مشهورةٌ على مواقع التّواصلِ الاجتماعيّ بسبب مهاراتها المتميّزة في التّجميل.

وفي اليوم التّالي صباحاً توجّهَ الفريقُ، ومن ضمنهم ديلانسي، مع الفرقة الصّاعدة إلى فرنسا، باريس تحديداً، بطائرة خاصّةٍ ركب على متنها الفريقُ أجمع.

قالَ أحدُ أعضاء الفرقة: "أنا متحمّسٌ جدّاً! المكان الّذي سنصوّرُ فيه يكون قصراً!"

ردَّ عليه آخر: "لا تتحمّس كثيراً! سنصوّرُ في الغابةِ والأماكن المجاورة فقط، لن ندخلَ إلى جوف القصرِ!"

تدخّلَ عضوٌ آخر وقال: "لأنّ القصرَ لديه سمعةٌ سيّئةٌ! نحن سنصوّر في الغابة خارجاً فقط، ربّما!"

قالَ العضو الأكثرَ حماساً بشأن موقعِ تصويرهم: "ماذا تقصدُ بأنَّ القصرَ لديه سمعةٌ سيّئةٌ؟!"

أجابَهُ أحدُ الأعضاء ضاحكاً: "القصرُ مسكونٌ بالأشباح ربّما!"

قالَ أحدُ الاعضاء: "ظهورُ شبحٍ في أغنية ترسيم فرقةٍ صاعدة، يا لهُ من عنوانٍ مشوّقٍ ومثيرٍ للاهتمام!"

قالَ أحدُهم وكانَ لديه وجهةُ نظرٍ تبدو صائبةً لبعضهم: "أراهنُ أنَّ هذا هو سبب ذهابنا إلى ذلك القصر، المدير يُريدنا أن نتصدّرَ محرّكّات البحث بسبب المكان الّذي سنصوّر فيه أُغنيتنا! ستكونُ مغامرةً بحقٍّ!"

سألَ أحدُهم: "كيف علمْتَ بذلك؟!"

– "بحثتُ عن المكانِ في الإنترنيت، ووجدتُّ ذلك!"

سألَهُ آخر: "ماذا وجدتَ أيضاً؟"

ضحكَ وقال: "القصرُ كان يُستخدم لتصويرِ الإعلاناتِ والأغاني منذُ حوالي خمسين سنةً، لكنّنا الوحيدون الّذين سنذهبُ للتّصويرِ فيه منذُ أكثر من سبعَ عشرةَ سنةً! ومنذُ ذلك الحين والقصرُ تحيطُه السّمعةُ السيّئة."

كانَت ديلانسي تستمعُ إلى حديثِهم، والّذي بدا مجرّد تُرهاتٍ، لذلكَ وضعَت سمّاعاتِ الأذن وأنزلَت غطاءَ الأعينِ وحاولَتِ النّومَ.

استغرقتِ الرّحلة وقتًا قدرُه اثنتا عشرةَ ساعةً، ليصلوا في نهاية اليوم متوجهين إلى الفندقِ المقصودِ منهكين تماماً.

صعدَت ديلانسي إلى غرفتِها الخاصّة، ورتّبت حاجيّاتها أوّلاً في أماكنها الخاصّة، ثمَّ وضعَت أدواتِ العمل جانباً؛ فهي لا تستطيعُ المكوث في مكانٍ فوضويّ أبداً!

وبعدها نزلَت إلى الطّابق السفليّ في الفندق لتحصلَ على وجبةِ عشاءٍ فرنسيّةٍ فاخرةٍ، ثمَّ عادت إلى غرفتها لترتاحَ بعد أن تجوّلت في الخارج قليلاً واعدةً نفسها أنّها ستخرجُ لتتنزّهَ في باريس بمفردها بعد انتهاءها من عملها.

كانَ أعضاء الفرقة والّذي يبلغ عددُهم سبعةَ أشخاصٍ موزّعين على ثلاثِ غرفٍ: الغرفة الأولى والثانية تحتوي على عضوين فقط، والغرفة الثّالثة يقطنُ بها الثلاثة الباقون، وهم

العضو الاصغر والأكبر والّذي هو قائد الفرقة، وعضو آخر أيضًا.

قالَ أحدُ أعضاء الغرفة الثّالثة: "إنّها تبدو غير ودودةٍ إطلاقاً!"

قالَ الأصغرُ: "أتعلمون؟! كنتُ متحمّسًا جدّاً بشأنِها! لكنّها لا تساعد على الإطلاق."

قالَ القائدُ: "إنّها فتاةٌ كبيرةٌ بالعمر، ليست مراهقةً لتجالسَكُم!"

قالَ الاثنان بتزامُنٍ:

- "لا تقُلْ إنّك كبيرٌ!"
- "لا تحاول حتّى!"

قالَ القائدُ: "لم أقلْ ذلك أبداً!"

....

في اليومِ التّالي استيقظَت ديلانسي مبكِّراً، وخرجت لشراء بعض الوجبات الخفيفةِ، وتوجّهَت إلى الغرفة الأكثر صخباً من

بين غرف المتدرّبين، لاعتقادها بأنّهم جميعهم فيها الآن، وكانوا كذلك.

قالَ أحدُهم عندما فتح الباب ليتفاجأ بوجودِها: "أوه! انسة ديلانسي هنا!"

استقبلَتِ الجميعَ بابتسامةٍ وقالت: "أحضرتُ لكم بعضَ الوجباتِ الخفيفةِ." وجلسَت على إحدى الأَسِرَّة.

الجميعُ صفّقَ بحماسٍ، وهي سلّمتهم ما اشترته لهم، وهُم قاموا بشكرها بالمقابلِ.

قالَت ديلانسي: "أُراهنُ أنَّكم جميعكم الآن في حميةٍ، ومحظورون من تناول الأطعمةِ السّريعةِ التّحضير."

قالَ أحدُهم، والّذي كانَ يمسكُ بكيسٍ شطيرة فولِ الصّويا: "نعم، نحن كذلك!"

قالَ الآخرُ المُمسكُ بكيسٍ رقائق البطاطا: "على الرّغمِ من أوزاننا المناسبة لطولنا، هم وضعونا في حميةٍ صارمةٍ من أجلِ صحّةِ بشرتِنا وتألُّقِها، حتّى حين الظهور."

قالَ القائدُ والّذي كانَ يتناول قطعَ الشوكولاتة: "سيغضبون إذا علمُوا أنّنا تناولنا هذه الاطعمة!"

قالَت ديلانسي: "إنّها على مسؤوليّتي! لا تقلقوا، يجبُ أن تبتهجُوا من أجل التّصوير، ولا شيء سيبهجكم أثناء اتّباع

الحميّة سوى تناول ما تتوقون إليه!" ثمَّ وقفَت، وأردفَت: "لقد جئتُ من أجلِ شيءٍ آخر أيضاً في الواقع!"

سألَها قائدُهم: "ماهو؟!"

قالت: "لم تسنحْ لي الفرصة بالتحدُّثِ معكم مسبقاً، وغير هذا إنَّ ترسيمكم تمَّ تقريرُه بوقتٍ مفاجئٍ لنا جميعاً، لذا كنتُ مشغولةً كثيراً بتسوية بعضِ الأمور."

قالَ أحدُهم: "لا بأسَ! نحن بخيرٍ."

‒ "أريدُ أن نتحدَّثَ عن تفضيلاتكم، ماذا تحبّون؟! أيّ صورةٍ ترغبون الظهور بها؟! المفهوم الخاصّ بكم هو كلاسيكيّ ملكيّ، هل ترغبون بمعرفة أيّ شيءٍ عنه، أو عن طريقتي بتجسيده؟!"

قالَ أحدُهم: "في الواقع ليسَ لديَّ أيّ فكرةٍ عنه، ولكن أشعرُ أنّي سأكون بخيرٍ معكِ!"

قالَ آخر: "أريدُ فقط أن أظهرَ بشكلٍ جميل!"

ثمَّ آخر: "لا أرغبُ بوضعِ مكياجٍ ثقيلٍ!"

قال قائدُهم لديلانسي: "أريدُ أن نظهرَ بالطَّريقة الّتي ترينها مناسبةً لنا!"

قالَت ديلانسي وكانَت متأكّدة من ذلك، كون طلباتِهم كانت بسيطةً للغاية، ويبدون مطيعين:

- "حسناً! العملُ سيسير بشكلٍ سلسٍ معكم يا رفاق!"

قالَت ديلانسي وهي تستعدُّ للخروج: سنذهبُ بعد قليلٍ إلى مقرِّ التّصوير. استمتعوا بوجباتكم، وكونوا على استعدادٍ بالوقت المحدّدا!"

قالَ الجميعُ بتزامُنٍ: "سنفعل!"

ودّعتهم، ثمَّ خرجَت وتوجّهت إلى غرفتِها، والّتي كانت بالدّور ذاته.

أغراضها كانت مرتبةً بالفعل، فقط تأكّدت منها ومن مظهرها، كذلك كانت مستعدّةً للخروج، فأخذت حقيبةَ العمل خاصّتها ونزلت إلى الدّور الأرضيّ لتشربَ بعضَ الشّاي قبلَ الخروج للعمل.

·······

عندَما وصلوا إلى المكَان المقرّر؛ وهو ساحةٌ كبيرةٌ ضمنَ غابةٍ عملاقة تحتوي على قصرٍ في منتصفها، ويخترق أطرافُها نهرٌ، قرّروا المكانَ الّذي سيصوّرون فيه؛ وكان في منتصفِ الطّريق

المؤدّي للنهر، بينَ غابةٍ على اليسار ومزرعةٍ مهملةٍ وسط الغابة أيضا على اليمين.

ديلانسي وصلَت أوّلاً ونظرت إلى المكانِ بتمعُّنٍ، ثمَّ إلى الأرضِ كذلك، وسألت أحدَ العاملين معهم والّذي جاء رفقةً لها: "هل نحن أوّلُ من قام بالتّصوير هنا منذُ سبعَ عشرةَ سنةً؟!"

أجابها: "نعم، نحنُ أوّلُ من حصل على تصريحِ التّصوير في هذا المكان منذُ ذلك الوقت!"

قالَ رجلٌ آخر كان مرافقًا لهم: "بالأحرى؛ نحن أوّلُ مَن طلب التّصوير هنا منذُ ذلكَ الوقتِ!"

وصلَت باقي السيّارات المرافقة لهم وكانت من ضِمنها سيّارتين للمتدرّبَين اللّذين سيصوّران أغنية ظُهورهما هنا.

قامت "ديلانسي" بأخذ مكانٍ ما، ووضعوا فيها أغراضها، ثمَّ بدأت بوضع مستحضرات التّجميل لهم واحداً تلو الآخر.

وحين ينتهي أحدهم يذهب لتصويرِ مشاهِده الفرديَّة، ثمَّ يغيّرون ثيابهم، وتقوم "ديلانسي" بتعديل مكياجِهم كذلك ليبدو أكثر إتقاناً، كانت تتفحَّص مظاهِرهم جيّداً ولم تتركهم.

جاء القائد والّذي كان يُدَعى "جيهون"، ووقف بجانب "ديلانسي"، ابتسمت له وقالت مُتسائلةً:

- هل انتهيت من تصوير مشاهِدك الفرديّة؟!

أجابها:

- نعم، جميعُنا كِدنا أن ننتهي، تبقَّت فقط مشاهد "دويونغ".

- هذا جيّد! بالتّوفيق "جيهون".

- أوه! كيف عرفتِ اسمي؟!

نظرَت له وقالت ببديهيَّةٍ:

- عرفت أسماءكم جميعاً من خلال مُدير أعمالكم! كان يناديكم بها باستمرارٍ هو والمصوّرون والمُخرج كذلك. قال وقد شعر كم هو غبي ليسألها سؤالًا كهذا:

- آه! صحيح.

قام أحد العاملين بمناداته:

- جيهون، إنّه وقت التَّصوير الجماعيّ!

قال له: نعم، سآتي.

ثمَّ انحنى لها وغادر للتّصوير مع فريقه.

وتوجَّهوا إلى الجسر حيث النّهر الهادئ كان هناك، وقاموا بتصوير مشاهِدهم الجماعيَّة مُستغلّين جمال المياه الجارية خلفهم.

وكانت هذه آخر لحظات "ديلانسي" بالعمل، حيثُ انتهت عندما انتهوا من تصوير المشاهد الجماعيَّة.

كان لديها فضولٌ حول ما يوجد خلف تلك الأشجار الّتي تحجبُ الطَّريق للقصر، لذلك توجَّهت أقدامُها لتخترق ذلك الحاجز، وتغلغلَت بين الأشجار الكثيفة.

سارت قليلاً، ثمَّ وجدت رجلاً يسير باتِّجاهها وكأنَّه عائدٌ من داخل هذه الغابة.

كان رجلاً كبيراً بالسنِّ يحمل بيده أكياساً تحتوي على نباتاتٍ قد تمَّ قطفها للتوّ.

استغربَ الرَّجل تواجدَها هناك فقال:

- المكانُ خطيرٌ في هذه الأرجاء، لمَ أنتِ هنا؟!

"ديلانسي" كانت خائفةً منه قليلاً، لكنَّه بدا وكأنَّه رجلٌ طبيعيٌّ. سألَتْهُ:

- ماذا عنك أنت؟! ماذا تفعل في هذا المكان الخطير؟

أجابها:

- أنا أعرفُ المكان جيّداً قبل أن يُصابَ باللّعنة الّتي جعلَته مكاناً مُوحشاً وخطيراً، لذلك أعرف الطُّرق السَّليمة في هذه الغابة العِملاقة والطُّرق الملعونة.

سألَت باستغرابٍ وعدم تصديق: عن أيّ لعنةٍ تتحدَّث؟

فقال الرّجل:

- قبل سبعةَ عشر عاماً عندما توفّى صاحب القصرِ بحادثٍ غامضٍ تمَّ لَعنُ هذا المكان ليُصبح بهذه الخُطورة! وكأنَّ الأرضَ ترفض أن تطأَ عليها أيّ أقدامٍ غير أقدام صاحِبها!

سألته: ما حقيقةُ وجود أشباحٍ داخل القصر؟!

فقال: القصرُ مسكونٌ بسبعة أرواحٍ شرّيرةٍ، والأشجار تبعثُ سُمومها عندَما يقترب أيُّ شخصٍ من المنطقة المحيطة بالقصر، لتحمي القصر، وتُرعب أيّ شخصٍ يحاول الدّخول

إليه، جميع من وصل قرب القصر أصابته الهلوسات لذا تكثر الشائعات عن هذا القصر

وأضاف: "عليك العودة يا فتاةُ!

سألته: حسناً، هل بإمكانِك أن تعلّمني الطُّرق الآمنة؟

فأجابها: الطَّريق الّذي أنتِ متوجِّهةٌ إليه هو الطَّريق المؤدّي إلى القصرِ، وهو الطّريق الأكثر خطورةً، كلُّ شيء آمنٌ عداه.

قالت: "حسناً!" وقامت بالتوجُّهِ إلى طريقٍ مُغايرٍ، والرّجل توجَّه إلى خارج الغابة.

في نهاية الأمر وجدَت نفسها أمام باب القصر بطريقةٍ ما!

نظرَت بتمعُّنٍ إلى القصرِ وحالتهِ والمكان المُحيط به، ثمَّ خطَت بخطواتٍ مترِّددةٍ مُقتربةً من باب القصر.

وضعَت يديها على مقبض الباب وأرادت فتحه، فقد كان مغلقاً! حاوَلت عدَّة مرّاتٍ ثمَّ تراجعَت لتُفجَع بوجود "جيهون" خلفها.

قالت: أرعبتني! ماذا تفعل هنا؟!

فقال "جيهون": المكان خطيرٌ، ماذا تفعلين هنا بمفردكِ؟ كنّا نبحث عنك لأنَّنا سنغادر الآن.

- آه! حسناً سآتي معكَ، قالت ذلك وتوجّها معاً عائِدين بخطواتِهم، وكانت "ديلانسي" تنظرُ للخلف قبل أن تنضمَّ إليه للعودة:

"سألته: هل أتيتَ مُباشرةً إلى هنا! أعني سلكت طريق القصر؟

أجابها: نعم.

- هل واجهتَ شيئاً غريباً مُخيفاً؟!

فأجابها نافياً: لا!

سألته أيضاً: أرأيتَ شخصاً ما؟!

فنفى كذلك: "لا"

لتقومَ بهزِّ رأسِها إيجاباً له، ويعودان إلى السّاحة الّتي أخذوها مكاناً للتَّصوير.

هي وبالكامل لم تشعر بالخوف من حديث الرجل ذاك، أيضاً هي لم تصدق القصة التي سردها عليها، هناك شيء يحدث بالتأكيد في ذلك القصر أثار فضولها قبل خوفها.

....

في اليوم التّالي كانوا قد انتهوا مُسبقاً من التَّصوير، بعضهم عادَ في اليوم نفسِه وآخرون عادوا في الصّباح، من ضِمنهم المُتدرّبون الّذين يوشكون على أن يُصبحوا مُغنّين راقصين.

قال قائدهم لأحد أعضاء الفريق:

- علينا توديعها على الأقلّ!

"سأله الآخر: هل ترغب بذلك؟!

قالَ القائد: نعم، في الواقع علينا شُكرها وتوديعها، لقد عَمِلَت بجدٍّ من أجلنا.

فقال: حسناً هيّا بنا.

قال ذلك وتوجَّه الاثنان خارج الغرفة.

سأله: هل تعرف رقمَ غُرفتها؟!

أجابه القائدُ: ثمانية وسبعون".

وخَطوا باتّجاه الغُرفة تلك، طرقوا بابها عدّة مرّاتٍ ولم يكن هناك أيُّ استجابةٍ.

قال للقائد: على الأرجح أنّها نائمةٌ،، أو خرجت.

فقال القائد "جيهون":

- وربّما يكون قد حدث لها شيء في الدّاخل!

ردَّ "دويونغ": ما الّذي يمكن أن يحدث؟! لقد بدَت بصحَّة جيّدةٍ في البارحة.

فقال "جيهون": لنذهب إلى الأسفل ونخبرهم إنَّها لا تفتح الباب!

قال "دويونغ" باستغراب: "جيهون ماذا تقول؟!"

ثمَّ وقفَت خلفهم إحدى المسؤولات عن التَّنظيف وقالت: من فضلكم، أريدُ الدّخول للتّنظيف فالنّزيلةُ هنا قد خرجَت وعليَّ التَّنظيف الآن.

ترنَّحوا سريعاً ثمَّ قال "دويونغ": تفضلي! نحن سنذهب.

قال دويونغ لجيهون: إنَّها تستمتع بوقتها الآن في باريس.

قال جيهون: فقط قلِقتُ عليها، كيف لها أن تخرج باكراً هكذا؟!

ردَّ دويونغ: باريس جيّدةٌ في كلّ ساعةٍ عزيزي!

ولحِقَ الاثنان بالفرقة وفريق العمل الخاصّ بهم، وتوجَّهوا إلى المطار عائِدين إلى كوريا.

••••••••

بعدَ مكوث الفتيات السَّبعِ في القصرِ لعدَّة شهورٍ أصبحَ لدى "مينا" الفتاة الأكبر إصرارٌ كبيرٌ للخروج، على الأقّلِ في الأرجاء القريبة من القصر.

كانَ هناك سبعُ فتياتٍ في القصر، أكبرهنَّ مينا، وأصغرهنَّ جينا، والتي كانت رضيعةً.

قالَت مينا تتحدَّثُ للعمِّ القاطنِ معهنَّ: يجبُ علينا أن نتعرَّضَ للشمس، لا يمكنُكَ إبقاؤنا هنا؛ الفتياتُ في مرحلةِ نموٍّ!

أجابَها: لكنّي أجلبُ إليكنَّ كل ما تحتاجْن لتعيشْن: "أدوية، عقاقير، ثياب، معقِّمات، وطعام؛ ماذا ستفعلْنَ بالشَّمس؟! وضحكَ ساخراً في نهايةِ حديثه.

قامَت مينا بترجيهِ: أرجوكَ! عليكَ اصطحابُهنَّ للخارجِ مرَّة واحدةً على الأقلِّ في الأسبوع!

قالَ: لا تجعليني أغضب، هل تظنّين أنّي أكترثُ إليكُنَّ إلى هذا الحدِّ، لتطلبي هذا مني؟! ثمَّ غادرها تاركاً القصر وهي، دون أيِّ اكتراثٍ لحديثها.

في ذلك اليوم بحثَت مينا في كلِّ زاويةٍ بالقصر حتَّى وجدَت مجموعةَ مفاتيح كانَت تبحثُ عنها، وتوجَّهت إلى السَّطح، ونجحَت بأن تفتحَ بابه، بعدَها حملَت أُختها الرَّضيعةَ، وجلسَت بها هناكَ تحتَ الشَّمس الدَّافئةِ، بينَما كانَت تُغنّي لها بلا خوف.

منذُ ذلك اليومِ بدأَن باستخدامِ السَّطح بين الحينِ والآخر، لكن بحذرٍ شديد.

وفي بعض الأحيان شقيقاتُها كُنَّ يُعرِضنَ عن استخدامِه خوفاً من المجهول! مهما تحدَّثت إليهنَّ مينا يبقينَ خائفاتٍ.

········

باريس 2017/10/3

كانت "ديلانسي" تسيرُ خارجاً وتفكّر كثيراً بشأن ذلك القصر، بحثَت عن حوادث الاختفاء الغامضة الّتي حدثت في باريس قبل سبعَ عشرةَ سنةٍ ولم تجد شيئاً، حاوَلت البحث عن مالكِ القصر، ولم تجِد سوى تعليقٍ مُهملٍ على الإنترنت يقول بأنَّ القصرَ كان مِلكاً لامرأةٍ تُدعى "كيم سوجين"، ثمَّ تنازلت عنه قبل وفاتها لصديق عائلتها.

بحثَت في الإنترنت عن "حادثة اختفاء كيم سوجين"، فلم تجِد شيئاً، ثمَّ بحثَت عن "امرأةُ الأعمال كيم سوجين" ولم تجِد شيئاً أيضاً، ثمَّ أخيراً كتبت "كيم سوجين" فقط ولم تجِد شيئاً مُفيداً.

لكنَّها وجدَت نفسها في نهاية الأمر أمامَ القصر، وكأنَّ أقدامها قد جُرَّت إلى هناك.

وقفَت طويلاً أمام القصر، ثمَّ تجرَّأت قليلاً وخطَت عدَّة خطواتٍ حتّى وصلت إلى المدخل، مدَّت يدَها وأدارت المِقبض وكان غير مُقفلٍ! قد فُتِح بالفِعل واندفع الباب!

نظرَت إلى داخل القصر ولم يكن عليه يبدو الهَجر أبداً، كانَ نظيفاً ومرتَّباً ومليئاً بالسّتائر الحاجبة للنَّظر والضَّوء على كلِّ نافذةٍ هناك ستارةٌ مُسدَلةٌ ومليئةٌ بالغبار، وكأنَّ لا أحد يصل إلى أطراف تلك السّتائر، أو حتّى يقوم بتحريكها.

الأثاث والسجّاد وطراز المنزل كان عتيقاً وقديماً للغاية! وكأنَّه مهجورٌ منذ مئة سنةٍ وليس سبعَ عشرةَ سنة!

تجرَّأت كثيراً وخطَت إلى داخل المنزل، فواجَهها السلّم الموجّه إلى الطّابق العُلوي، وضعَت يداً على سياج السلّم ورجلاً على الدَّرجة الأولى.

أرادَتِ الصُّعود مترِدّدةً، فقالت أوَّلاً: "مرحبًا! هل يوجد أحدٌ هنا؟!"

"أنقذينا!" جاءها صوتٌ مناديا من الأعلى، صوتٌ جهور وغليظ، قد أرعبها من حدّته!

ثمَّ سمعَت صوتَ ارتطامِ أقدامٍ كثيرةٍ في الأعلى، ثمَّ صوت بكاءٍ! هنا ارتعبت، وغادرت راكضةً خارج القصر سالكةً طريق الغابة الوعر المليء بالأشجارِ والشُّجيرات الشائكة، حتّى أنَّها سقطت وأذَت نفسها، ثمَّ استقامَت محاولةً الهروبَ، لكن لم يكن أحدٌ خلفَها، وكلّ شيءٍ حولَها كان هادئًا! بطّأت سرعتَها وسارت وهي تعرجُ إلى خارج الغابة حيثُ وجدَت الشّارع الرئيسيّ، ثمَّ سارَت حتّى نهايته واستطاعت الوصولَ للنهر، عبرَتِ الجسرَ، ثمَّ استطاعت أن تجدَ سيارةً أجرة، استقلّتها وعادت إلى الفندق.

●●●●●●●

2000/1/1

مينا الأختُ الكُبرى كانَت تغطُّ بالنّومِ بجانب أخواتها في ذلك اليوم، حيث الجميعُ كنَّ ينمنَ في غرفةٍ واحدةٍ ويعيشنَ كذلك في غرفةٍ واحدةٍ.

وبعدَ منتصفِ اللّيلِ عندَما تأكَّدَت سنو من أمرِ خلود جميع الفتياتِ إلى النّوم، تسلَّلت خارجاً محاولةً الخروج من هذا القصر بعد مكوثِهنَّ لعدّةِ أشهرٍ هنا.

كانت ترتدي ثيابَ النّوم القديمةِ الطّراز، وكأنَّها تعودُ إلى العصور الوسطى، وانتعلت حذاءَها الّذي لا يبدو أكثر حداثةً من ثيابها، وخرجَت عن طريق الشبابيك في الطّابقِ السُّفليّ إلى حديقة القصر، ثمَّ الغابة.

وأخذت تسيرُ، ولم تبتعد كثيراً، حيثُ وجدَت رجلَين، ففرحَت وهرعت باتّجاهِهما قائلةً: "النجدة! النجدة! ساعدونا من فضلكما"!

نظرا باتّجاهِها، وكانَا ثملَين! لكنَّهما فزعَا منها! ثيابها وهيئتها كانت مخيفةً للغاية.

قالَ أحدُهما: "إنَّها شبحٌ"! وغادر راكضاً، ثمَّ الآخر لحقَ به، لكنَّها ظلَّت تركضُ خلفهما تطلبُ المساعدةَ، وتصرخُ بكلّ قوّتها قائلةً بأنَّها ليست بشبحٍ!

فوقفَ أحدهما وحاول التقرُّبَ إليها، والآخرُ استمرَّ بالهروب.

اقتربَ منها وكان ثمِلًا، أمسكَ يديها ثمَّ أخذَ يتحرّش بها! فقامت تصرخُ وتطلبُ المساعدة مرّةً أُخرى! وهو استمرَّ

بالتحرُّش بها، وهي تقاومُه، فوقعَت أرضاً وهو أمسك بها من أقدامِها، وكانت تحاولُ جرَّ نفسِها منه وهو متمسِّك بها.

وفجأةً جاء رجلٌ وضربَ المتحرِّشَ الثَّملَ، وأعادَها إلى القصر، رغماً عنها.

•••••••

الفصل الثّاني
2001/1/30

قبلَ يوم واحدٍ من تاريخ 30/1/2001 كان هناك يومٌ بدا جميلاً للشقيقات السَّبع، حيثُ شعرت مينا بأنَّ الأيام القادمة ستكون أفضل من السنة وعدَّة الشهور الَّتي مضت، حيث استطعْن الخروجَ حول القصرِ كما كانَت ترغبُ وتطلب دوماً، فقام أدريان بتنفيذ طلبها!

لكنَّها في اليوم التَّالي كانت تترجّاه من أجل طلبٍ آخر.

"أنتِ تعلمين أنّي كنتُ أهوى الرّسم من قبل، صحيح!" تحدّثَ الرّجل القاطنُ مع الفتياتِ السّبعِ إلى أكبرهنَّ مينا، أومأت إليه، ثمَّ قالت: "نعم، أعلمُ ذلك."

- إذاً، ثقي بي، واجلسي على الكرسيّ أمامي! أعدُكِ، لن تتألّمي، ستصبحينَ أكثر جمالاً."

جلسَت مينا وقالت: "لا أطمحُ لأن أكونَ جميلةً."

وضعَ لها المخدّرُ الّذي من شأنهِ أن يقلِّلَ من الألم ولن يمنعه، وبدأ بالوشم على وجهها.

قامَ بوشمِ شمسٍ على جبينها، ورسم امتدادًا لأشعة الشّمس على أجزاءٍ أُخرى من وجهها لتختفي ملامحُها اللّطيفةِ وتصبح أكثرَ حدّةً ورعباً!

وعندَما انتهى، أعطاها مرآةً لترى وجهها وما وشمَت يداه، وقال: جميلٌ، أليسَ كذلك ؟!

كانت تبكي بينَما توافقُه على ما يقوله: نعم، جميل.

قالَت مينا له: هل بإمكانِكَ أن تكتفي بي؟! شقيقاتي لن يتحملا هذا الفعلَ!

قالَ لها: "الجميعُ سيفعلْنَ"

قالَت مينا: "إنهنَّ صغيراتٌ!"

قال: تحدّثي أكثرَ حتّى أشملَ جينا الرّضيعة معهنّ!

قالت مينا بصوت مرتفع: أرجوكَ! لديكَ جسدي بأكملِهِ، أوشمني كلّي، واجعلني مسخاً! وإذا كنتَ تحبُّ رؤية الآخرين يتألّمون سأصرخ وأترجّاك! أستطيع أن أُشبع غريزتك المتعطّشة لرؤية الآخرين يعانون، لكن اترك شقيقاتي!

- إنّه عقابكم! ما حلَّ بعائلتك وما يحلُّ بكنَّ الآن! إنه عقابٌ من السماء! ليس لديَّ أيّ نيّة برؤية الآخرين يعانون، أنتم تأخذون ما تستحقّون! ولذا غادري ولتجعلي يومي تنضمّ لي في الغرفة.

واحدةٌ تلو الأخرى كانت تدخلُ ليقومَ بوشم أشكالٍ غريبةٍ هو يختارها على وجوههنَّ، إحداهنَّ كانت تصرخُ، وأخريات كنَّ هادئاتٍ، وبعضهنَّ من بكينَ بهدوء تحت نصوله الحادّة الّتي تغرزُ بوجههنَّ بقسوةٍ.

كانت سنو الفتاة المقعدَة بسبب احتراق قدميها حتّى تلفَت أعصابها هي أكثر فتاة تمَّ الوشم على وجهها، وشومًا عدّة امتدّت حتّى رقبتها وأكتافها!

....

باريس 2017/10/3

كانت مينا في الطابق السُفلي بمفردها تسير به وهي مستمرّة بالتفكير حتّى أصبحَت الساعة الحادية عشرةَ ليلاً.

نزلت يومي من الطّابق العلوي إليها وقالت لها بصوت خافت: الطّابق السُّفليّ في اللّيل يصبح أكثر خطورةً! عليكِ العودة والانضمام إلينا.

نظرت مينا إلى البيانو، وقالت: أرغب بالعزف الآن!

قالَت يومي بذات نبرتها الخافتة:

- ليسَ من الآمن صنعُ الضّوضاء ليلاً!

قالت مينا وهي تبتسم لأختها الأصغر يومي:

- لن أتأخَّرَ، ولن أكون صاخبةً، أعدكِ!
- يومي تصغرها بسنة وشهر فقط حيث كان ترتيبها الاخت الاكبر من بعد مينا التي تكبرهن جميعاً
- حسَناً! نحن بانتظاركِ.

فالشّقيقات لن ينامَ جفنٌ لديهنَّ عندما لا يكنَّ متجمعات معاً.

سارت مينا إلى البيانو، وجلست على كرسيه، فتحتهُ وبدأت بالعزف على مفاتيحه، مفاتيح البيانو كانت تعمل لكنَّ مطارقه كانَت محطَّمةً؛ لذا البيانو لا يصدر أيَّ صوت! كما هي حالة جميع الأجهزة في القصر، كالتّلفاز والراديو.

مينا كانت تعتمدُ على ذاكرتها ومخيّلتها في العزفِ، ومع ذلك هي حذرة من إصدار أي صوت ليلاً؛ إن لم تثُر الضَّوضاء، فستثير خوف شقيقاتها الّذي لا يمكن أن يهدأ.

كنَّ يعشنَ بخوفٍ منذُ أن وطئَت أقدامهنَّ هذا القصر: خوف من أن يتمَّ ملاحظتهنَّ في هذا العالم، ليكُون هذا القصر هو عالمُهنَّ الخاص، ومع ذلك هُنَّ يشعرنَ بالخوف داخل عالمهنَّ الخاصّ هذا.

ولأن الموسيقا شيءٌ ملهمٌ لها، لذا في منتصف عزفها توقَّفَت وذهبت إلى المكتبة الّتي لديهنَّ في القصر، وأخرجَت كتابًا ما، ووضعته على البيانو الّذي أبقَت مفاتيحَه مكشوفةً دون أن تغلقَه، وصعَدت إلى الطابق العلويّ لتنضمَّ إلى أخواتها.

لكن قبل صعودها وقفَت أمامَ الباب لفترةٍ، كانَت تتمعن بالنّظر إليها، ثمَّ اختلسَت القليلَ من النَّظرات من خلفِ السّتائر الثّقيلة، ثمَّ أحضرَت دلو ماءٍ وسقَت المزروعاتِ المنزليّةِ وصعدتَ إلى الاعلى في نهاية الأمر.

قالَت كيول إلى مينا :جينا تشعرُ بالخوف!

أمسكَت يدَ شقيقتها واتّجهتا إلى حيثُ سرير جينا؛ لديهنَّ غرفةٌ كبيرةٌ تحتوي على قسمين، يفصل بينهما بابٌ؛ نصفُه زجاجيٌّ، والنّصف الآخر خشبيٌّ.

ثلاثٌ ينَمنَ في القسم الأصغرِ، وأربعٌ في القسم الأكبر.

جلسَت مينا على سرير جينا وقالت: هل أنتِ بخير؟

كانَت جينا تبكي، وهي تقولُ: أشعرُ أنَّ القصرَ ليس آمناً بعد الآن!

قالَت مينا: لكنَّنا بخيرٍ! انظري إلينا! نحنُ بخيرٍ ولم نتأذَّ.

قالَت جينا: أنا لستُ بخيرٍ! لم نتأذَّ بعد، لكنَّنا لسنا بخير! هناكَ شخصٌ دخل إلى منزلنا، هل تعلمين ماذا يعني هذا؟!

وضعَت يدها على رأسها وقالت: أنا أعدُكِ أنّنا سنكون بخير دائماً، لا تقلقي لأيّ شأن آخر، هل ترغبين أن نغنّي تهويدة لك بينما تغفين؟!

أومأَت جينا إليها واستلقَت على سريرها، وبدأت كلٌّ من مينا وكيول بالتهويد لها، وعندَما شعرَتا أن جينا غطَّت بالنّوم توقفَتا عن الغناء، واستقامتا حتّى تستعدّا للنوم أيضاً.

سألَت كيول أثناء سيرهما: كيفَ دخلَ؟!

أجابت مينا: لا أعلم!

-   هل رأيتِه؟!
-   لا!

قالت كيول: كنتِ قريبةً من الدّرج بدوتِ وكأنَّكِ على وشكِ النّزول!

- لم أكن أريدُ النزول، ولم أعلم بوجودها حتّى!

هكذا قالت مينا، وذهبت لتستلقي على سريرها تاركةً كيول خلفها.

قالَت كيول لنفسها: لم تكنْ تعلمُ بوجودها!

ثمّ استلقَت على سريرها هي الأخرى.

إنَّ الكوابيس مخيفةٌ لأنّها في لحظةٍ ما تبدو حقيقيةً جدّاً! حتّى لو استيقظتَ وأقنعتَ نفسَك أنّها مجرّد أحلامٍ، فأنتَ تفعلُ ذلك لأنّها تبقى تُلاحقُك في واقعك، بكلّ واقعيّةٍ!

وما راودَ مينا تلكِ اللّيلة لا يبدو بعيدًا كثيرًا عن واقعهنّ، وما تشعرُ به؛ سبعُ فتياتٍ كنَّ يرتدينَ الأبيضَ بالكامل، والّذي تمثَّل بثوبٍ طويلٍ ذي أكمامٍ طويلةٍ، وأياديهنَّ متشابكة، يسيرنَ في الشّارع بابتسامةٍ عريضةٍ، بدَت غريبةً للبعض، ولكن بعدَ مدّةٍ بدأت ملامحُ وجوهِ الفتيات تتلاشى شيئاً فشيئاً، حتّى أصبحَت وجوههنَّ خاويةً بلا تعابيرَ! فقط الأختُ الكبيرةُ لم تفقد تعابيرها! فلاحظَت تحديقَ النّاس بغرابةٍ بهنَّ وخوفٍ منهنّ، فنظرَت إلى أخواتها ووجدتهنَّ وجوهًا باهتةً بلا ملامحَ! لقد خُطفَت منهنَّ ملامحُهنَّ!

فصرخَت الأختُ وابتعدَت عنهنَّ، وأخذَتْ تصيحُ: لمَ أضعتُنَّ ملامحَكُنَّ؟!

بينمَا مينا كانت تتلّوى في نومِها، وتحاول الاستيقاظ من كابوسِها!

وعندَ اشتدادِ صُراخ الأختُ الكُبرى، فزعَت من كابوسِها واستيقظت، وكأنَ الصُّراخَ أيقظَ روحَها!

وضعَت يديها على صدرِها، ثمَّ رقبتِها، وتنفَّستْ بعمقٍ، وهرعَت إلى أخواتِها الستِّ، وتفحَّصَتهُنَّ واحدةً تلو الأُخرى، وعادت إلى سريرِها. كانت خائفةً من أن تنام، خائفةً من أن يراودها كابوسٌ آخر، وبقيت مستيقظةً حتّى الصباح ولم تنمْ.

•••••••

كانت الفتياتُ بصحةٍ جيّدةٍ بفضل اعتناء مينا بهنَّ، لكنهنَّ نحيفاتٌ للغاية بسببِ الأطعمة الَّتي يحصلْنَ عليها، في كلِّ مرّة تجد مينا في طعامهنَّ الكثيرَ من مغلَّفاتِ الحلوى، والطعام كان قليلاً مقارنة بكميةِ الحلوى التي يحصلْنَ عليها، وبعض الأدوية والعقاقير التي كانت مينا مُلحَّة جداً بحصولهنَّ عليها! فتأتيهنَّ مرَّة واحدة، وتفوتهنَّ مرّات عديدة لأسبابٍ تافهةٍ، وحجج واهيةٍ.

فرزت مينا الحلوى، وفتحَت المغلَّفات عنها، ثمَّ رمَت المغلَّفات في سلَّة المهملات.

أبقتِ القليلَ من الحلوى، وقامَت بتذويب باقي الحلوى وتخلَّصت منها، ثمَّ قامت بتوزيعِ الحلوى الَّتي تبقَّت على الفتياتِ حيثُ أعطت قطعتان فقط لكلِّ فتاةٍ، لقد تشاجرْن فيما بينهنَّ عليها، فحصلَت بعضهنَّ على ما هو أكثر من اثنين، وحصلَت بعضُهنَّ على ما هو أقلُّ من اثنين.

قالت جينا الطِّفلة الأصغر: أعواد الحلوى هذه لذيذةٌ للغاية! لماذا لا تُعطينا الكثير منها؟!

أجابتها مينا: عندما كنتُ أكبر منك بقليلٍ، قرأتُ مقالاً مثيراً للجدَلِ في صحيفةٍ عن أنَّ السكَّر يسببُ مرضَ السَّرطان، وخاصّة سرطان البنكرياس!

سألت جينا: ما هو السَّرطان؟

قالَت مينا بحدَّةٍ: إنَّه مرضٌ خبيث للغاية!

أومأت لها جينا ولم تُجادِل، رغمَ حبِّها للحلوى؛ بسببِ حدَّة حديث مينا، أنزلت رأسَها للأسفلِ تتناولُ بهدوءٍ عودَ الحلوى الواحد الَّذي تحصلُ عليه كُلَّ عدَّة أيَّام.

قالَت مينا مكملةً حديثها: بإمكانه أن يجعلَ مَن حولَهُ خبيثاً أيضاً!

رفعَت جينا رأسَها إليها: مَن هذا؟!

قالَت مينا: السَّرطان، هناك مَن هم خبيثون كالسَّرطان أيضاً.

جينا الطَّفلة لم تكُنْ تفقهُ الكثيرَ عمَّ حدَث ويحدثُ الآنَ، لكنَّ مينا عادَت بذاكرتِها إلى عدَّةِ سنواتٍ مضَت قبلَ دخولهنَّ لهذا القصرِ، عادَت ذاكرتُها إلى تلك المرأة الَّتي كانَت تجلسُ على فراشِ المرضِ، فصارعَت مرضَها بقوَّةٍ، ثمَّ بضعفٍ، حتَّى أنهكها وأخذَ حياتَها منها؛ حيثُ أصابَها في بادئ الأمر ولم تكتشِفْهُ في مرحلَتِه الأُولى، فوصلَ إلى مرحلتِه الثَّانية ولم تظهرْ أيُّ أعراضٍ،

ثمَّ وصلَ إلى مرحلته الثَّالثة، وكانَت بخيرٍ أيضاً، لتكتشفَهُ لاحقاً في مرحلتهِ الرَّابعة عندَما كانَت نسبةُ شفائها أقلَّ من نصف بالمئة!

ذلك المرضُ الخبثُ أخذَ السيّدةَ الَّتي كانَت تُصارعهُ بكلِّ ما امتلكَتْ من قوَّةٍ، وجعلَ الرَّجلَ الَّذي كانَ بجانبها خبيثاً مثلهُ، حيثُ أصبحَ زوجُها خبيثاً، وظالماً! مثل السَّرطان وأكثر.

عندَ نهايةِ هذا اليومِ جاءَ أدريان قبلَ الغروبِ إلى القصر، كانَ أمراً نادراً أن يأتي قبلَ حلول اللَّيل؛ لأنَّه أصبحَ لا يعيشُ معهنَّ في نفسِ القصر! حيثُ لا حاجة لذلكَ بعدَ أن وضعَ قوانينَه الصَّارمة الَّتي تمَّ اتّباعها بكُلِّ صرامةٍ من قِبلِ الفتيات أيضاً.

وجدَ مينا في الطَّابق السُّفلي، وسألَها فورَ أن رآها:

- هل كانَت الحلوى لذيذةً؟

أجابَتهُ وهي تبتسمُ بزيفٍ بالغٍ:

- نعم، لقَد تناولناها جميعها!

اقتربَ منها ووضعَ يدَه على عظامِ فكِّها البارزة، ضغطَ على فكِّها بقوَّةٍ، وقالَ: ما تزالين أنتِ وباقي الفتيات نحيفاتٍ للغاية! ثمَّ راحَ يضغطُ بقوَّةٍ أكبر على فكِّها، وبشكلٍ مُقزِّزٍ للغاية، أجابَتهُ مُبرِّرةً:

- أُمّي كانَت كذلك، لا تزدادُ وزناً مهما تناولَتْ من طعام!

ابتعدَ عنها، وقالَ: ماذا عن القصرِ؟ هل تديرِهِ جيداً؟!

أجابَتْهُ: نعم، أنا أُديرهُ جيداً.

ثمَّ سألَها: هل تُذكِّريهُنَّ بقوانين المكانِ كُلَّ يوم؟

وهي تجيبُه هادئةً ومختصرةً: نعم، أنا أذكّرهُنَّ بالقوانينِ كُلَّ يوم.

تنهّدَ ثمَّ قالَ: بإمكانِك الصّعود الآنَ، سآخذُ القمامةَ وأُغادر، لكن أريني أوّلاً كيفَ تكونين فتاةً صالحةً تُطبّقُ القوانين!

بعدَ استجوابِهِ لها، وقَف أمامَها ليُقيّمِها، وضعَ كلتا يديه على صدرِهِ، ينتظرُ أن تقومَ بأيِّ خطأٍ ليعاقبَها.

كانَتِ الشَّمسُ قد غرِبَتْ بالفعل الآن؛ ولذا هي فقَط أومأَت إليهِ ولم تنبسْ بحرفٍ، ثمَّ خطوة تليها الأُخرى، كانَت تسيرُ بهدوءٍ، بضعَ أمتارٍ تستغرقُ وقتاً طويلاً حتّى تصلَ إلى السُّلَّمِ، وعندَما وصلَت إلى السلّمِ، وضعَت يداً على السّياجِ، وأسندَت يدَها الأُخرى على الحائطِ لتقليلِ الضّغطِ على درجاتِ السلّمِ؛ لتكونَ هادئةً قدرَ الإمكانِ وهي تخطو خطواتَها البطيئةِ، والشَّديدة الهدوء.

الجوارب فقَط ما كانَت تنتعلُها، فارتداءُ الخفّين والأحذيةِ أمرٌ مرفوضٌ؛ لأنّها جالبةٌ للضّوضاء!

كانَ القصرُ هادئٌ، والحفاظ على هدوئه هو أوَّلُ قانون عليهُنَّ تذكُّرهُ دوماً!

لذا الرَّكضُ في القصرِ أمرٌ مرفوض، كذلك النّزول إلى الطّابق السُّفلي ليلاً، والتحدُّث في اللّيل أمرٌ مرفوضٌ؛ لأنَّ هذه الأمور كُلّها تجلبُ الضَّوضاءَ إلى هذه القصر الهادئ!

في اليوم التّالي ذهبت ديلانسي إلى القصرِ مرّة أُخرى برغبتها.

عندَما استيقظت في الصباح بحثَت في الإنترنت عن هذا القصر أكثر! كتبَت باللّغةِ الفرنسيّة، وحاولتِ البحثَ لتجدَ بعضَ المعلوماتِ من بعض الصّحفِ والقنواتِ المحليّةِ الّتي تفيدُ أنَّ صاحبَ القصرِ -وكان يشير إلى نفسه بالمجهول- ينفي وجودَ أيّ أشباحٍ في قصرهِ، ويوضح أنّها مجرّدُ هلوساتٍ تُصيبُ من يدخلون إلى عمقِ الغابةِ حيثُ القصر، ويرفضُ دخولَ أيّ صحفيين، أو شرطة لقصره، والدّولةُ بالطّبعِ لم تجبرْهُ، كون لا أحدَ يمتلكُ دليلًا ضدّهُ، والشّرطة بالطّبعِ لا تلاحق الاشباحَ!

ولذا، هي ذهبَت إلى القصر في اليوم التّالي، ووجدَت البابَ مفتوحاً أيضاً، دخلَت والتزمَت الصّمتَ، تجوّلَت قليلاً وبهدوءٍ في الطابق الأرضيّ للقصر؛ غرفة المعيشةِ كبيرةٌ للغاية، تحتوي على بعض سندانات الزّرع، والّتي كانت تبدو وكأنّها سُقيَت للتوّ حيثُ تربتها رطبةٌ، وأزهارها ناضجةٌ، الأرضيّة كانت نظيفةً، لكن

حافّاتِ الستائر والستائر نفسها كانَت مليئةً بالغبار، وكذلك الأرض القريبة منها.

يوجد مطبخٌ في نهاية الممرِّ الطويل، وكذلك مكتبةٌ كبيرةٌ، وكلّ شيءٍ مرتّب ونظيفٌ وذو طراز قديمٍ!

عندما انتهت عادَت إلى صالة القصر حيثُ غرفةُ المعيشةِ، لتنتبهَ إلى البيانو المفتوح! والكتاب المتموضع فوقَه!

أخذَتهُ وتصفّحَتهُ، لكنّهُ كان باللّغة الفرنسيّة! استخدمَت هاتفها لتقومَ بترجمةِ عنوان الكتابِ، فوجدَت معناه باللّغة الفرنسيّة هو "اختطاف"، وكانت روايةً لكاتبٍ فرنسيٍّ قديم.

هنا قرّرتِ الرّحيل وأخذَ الكتابِ، لكن سمعَت صوتَ اقتراب سيّارةٍ من القصرِ، ثمَّ صوت ارتطامٍ!

أسرعَت واختبأت أسفلَ الدّرج مع هاتفها والكتاب، وكذلك قامَت بسرعةٍ بتغيير هاتفِها إلى الوضع الصّامتِ.

فُتحَ بابُ القصرِ، واقترب صوتُ حفيف الأقدامِ حتّى شعرَت به فوقَها يخطو الدّرجات، ثمَّ تجوّلَ في الطّابق العلويِّ، وبعدَها سمعَت صوتَ فتح بابٍ!

وهنا بدأ عدّةُ أشخاصٍ بالحديث بلغةٍ لم تفهمْها! أشعرَتها بالخوف، ثمَّ هدأت قليلاً بعد أن تحدّثوا بالكوريّة حيثُ فهمتها جيّداً.

كانَ صوتُ رجلٍ يتحدَّثُ بالكوريّةِ، لكنَّ نطقَه كان سيّئًا:

- هل ستبكين دائماً مثل الطفلة؟! اصمتي سنو!

ثمَّ جاءَ صوتُ فتاةٍ، وكانت تتحدّثُ الكوريّة جيّداً:

- أنا سأتطّوع!

شعرَت أنّهُ من غير الآمن البقاء هنا، لذا استغلّتِ البابَ المفتوحَ وخرجَت مسرعةً بهدوءٍ وهي تسير على أمشاط قدميها، واختبأت في ركنٍ ما بين الأشجارِ، وراقبَتِ القصرَ.

لكن قبلَ أن تخرجَ لمحَت عدّة أكياسٍ لم تكُن موجودةً عندَما دخلَت، استطاعَت أن تلمحَ ما بداخِلِها، وكانَ هناك بعضُ الحاجيّات الّتي تمثّلَت ببعضِ الثّياب والطّعام والأدويةِ.

بعدَ فترةٍ وجيزةٍ خرجَ رجلٌ كبيرٌ بالسنّ يرتدي ثيابًا رسميّة مع قبّعةٍ رأسه أخفَت نصفَ ملامحِه، والنّصف الآخر أخفاهُ بقناعٍ الوجهِ، أقفلَ باب القصرِ خلفَه، واتّجهَ إلى السيّارة الواقفة خارجاً، وأخرج عدّة أدواتٍ منها، ومن ثمَّ عاد إلى القصر.

انتظرَت طويلاً ومرَّ من الوقتِ أكثر من ساعةٍ، ثمَّ خرجَ الرّجل مرّةً أُخرى، واستقلَّ سيّارته وغادر!

ذهبَت هي إلى باب القصر ووجدتهُ مغلقًا! وقد سمعَت صوتًا ينبعث من داخل القصر! امتزجَ بالنّحيب والحديث بصوتٍ عالٍ، شيئاً ما أشبه بالشّجار!

ابتعدَت عن القصر عدّة خطواتٍ، ونظرَت خلفَها، كانت إحدى الستائر مفتوحةً ومرَّ من خلالها طيفٌ لفتاةٍ غير واضحة الملامح، ترتدي قلنسوة وبيدها شمعدان يضيء عتمة المكان.

كانَ منظرُها مخيفًا لأيّ ناظرٍ، لكنَّ ديلانسي رغم خوفها استطاعَت الوقوفَ والنّظر إليها، ضغطت بيدها على الكتاب ثمَّ استدارَت، وقرّرتِ الذّهاب الآن إلى الفندق، وكانت عازمة على العودةِ غداً إلى هذا القصر مرّة أُخرى

•••••••

قالَ أحدُ موظفي الاستقبال باللّغة الإنجليزيّة لديلانسي عندَما عادت إلى الفندق: مرحبًا أنسة ديلانسي! هل تحتاجين شيئاً ما؟

" قالت ديلانسي له: نعم، في الواقعِ أحتاجُ إلى بعض المساعدة!

قالَ الموظّفُ: هل كلّ شيءٍ يسير على ما يرام! أهناك خطبٌ في خدماتنا؟

قالَت ديلانسي: الأمرُ ليس كذلك! هل هناكَ أيّ موظَّفٍ هنا يجيدُ الفرنسيّة والإنجليزيّة معاً؟! الفرنسيّة والكوريّة أيضاً لا

47

بأس! أردتُ ترجمةً رسالةٍ قصيرةٍ أتتني، وترجمة غوغل لم تنفع معي!

قالَ لها الموظّفُ: حسناً! فهمتُ، تفضّلي بالجلوس في الصّالة، وسيأتي إليكِ من يستطيع المساعدة..

- شكراً لكَ! ابتسمَت لهُ وذهبَت لتجلسَ.

دقائق قليلة وقد جاءها كوبين من القهوة، وأحد الموظّفين في الفندق؛ وهو رجلٌ كوريُّ الجنسيّة يعمل هنا منذُ عدّةِ سنواتٍ، ويجيدُ الفرنسيّة.

تحدّثَ بالكوريّة: مرحبًا أنسة ديلانسي! أنا سونهو.

قالَت له بالكوريّة أيضاً: مرحباً سونهو! تشرّفتُ بمعرفتك!

جلسَ الاثنان، وقال سونهو عندَها: كيفَ بإمكاني مساعدتُكِ؟

رفعَت الكتاب الّذي بيديها وقالت: أرغَبُ أن أترجمَ هذا الكتاب في الحال!

قال سونهو: خُلتُ أنَّ الأمر كان رسالةً فقط!

قالَت ديلانسي: أعتذر، لقد بالغْتُ في التّقدير!

قالَ سونهو وهو يشيرُ على الكتاب: لا بأسَ! هل تسمحين؟!

قالَت ديلانسي، وسلّمته الكتاب بكلتا يديها: نعم بالطّبع

قال سونهو: اختّطاف!

قالَت ديلانسي: نعم، إنّها روايةٌ!

قالَ سونهو: تبدو مشوّقةً! لنحصلَ على بعض المتعةِ بينما أنا لا أعمل الآن!

وبدأ بقراءة الرواية لها؛ وكانت قصّةً عن أمٍ وخمسة أطفالٍ قام العمُّ بقتلِ والدهم، واستولى على ميراثهم، وقام بخطفهم ووضعهم في منزلٍ معزولٍ في الغابةِ، وأراد حرقهم أحياءً، لكنَّ العمَّ الآخر الطيّبَ كان يعلمُ بما يريدُ أخوه أن يفعلَ بأبناء الأخ الأكبر، ولذا لحقَه وقامَ بإنقاذ العائلة من الموت المحتوم، وتمَّ سجن العمِّ المجرم.

قالَ سونهو وقد بدا عليه التّعبُ حقًّا: وهنا انتهينا!

بينما ديلانسي كانت تستمعُ بحماسٍ وانتباهٍ، وتحاول فهمَ مايجري في ذلك القصر من خلال هذا الكتاب.

قالَت: أوه! قصّة رائعة! شكراً لكَ على وقتِك سونهو! أُقدّر هذا حقاً!

قال لها: في أيّ وقتٍ، لقد استمتعتُ أيضاً!

انحنيا لبعضهما، ثمَّ تمنّى لها ليلةً طيّبةً، وغادر.

أخَذتِ الكتاب وعادَت إلى غرفتها.

بحثَت في الإنترنت عن جرائمَ حدثت في سنة 1999 في فرنسا ولم تجد شيئًا تستطيع الاستفادة منه، لذا رمَت هاتفَها جانباً وحاولت النَّوم.

•••••••

من أنقذها في تلك الليلة من المتحرِّش ليس إلّا مغتصبًا آخرَ، وهو أدريان! وضعها في سيّارته وقامَ برشِّ المخدِّر على وجهِها لتسقطَ مغشاةً عليها، ثمَّ قامَ بجلب البنزين من صندوقِ سيّارته، ورشَّه على أقدامها وحذائها، وقد حرص على ألّا يمسَّ فستانها الأبيض الطويل، وعاد بها إلى القصر وكانت قد استيقظت عندما وصلَا لأنَّ الأمر استغرق عدَّة دقائقَ، ومفعول المخدِّر ساري المفعول لخمسٍ دقائق فقط.

ترجّلَا من السيارة ودخلَا القصرَ بهدوءٍ حيثُ الجميع نائمٌ، الجميع عدا مينا الّتي كانت تراقبهما بهدوءٍ أيضاً.

أخذَ العمُّ سنو ودخلَا إلى غرفةٍ في الطَّابق الثَّالث حيثُ لا أحدَ ينام هناك.

قالَ العمُّ إلى سنو الجالسة أمامه على كرسيّ في غرفة صغيرةٍ: أنتِ تعلمين أنَّ ما فعلتِه أمراً خاطئًا!

قالَت سنو: أنا آسفة! لن أكرّرها!

رفعَت رأسها وعينيها حمراوتان ومليئتان بالدّموع! قبل قليلٍ تعرّضت للتحرُّش، والآن لا تعلم ماذا سيواجهُها مع هذا العمِّ.

قالَ وهو يدخِّنُ سيجارته: إنَّهُ ليس شيئاً بيدي تغييره عزيزتي! العقابُ هو العقاب! إنَّهُ جزاؤكنَّ على ما فعلنَه والدكنَّ!

نظرَت سنو إليه بعينين مفتوحتين على مصراعيهما مليئتين بالخوف من المجهول وقالَت: ماذا ستفعل بي؟!

قال: أنا لن أفعل شيئاً!

ورمى سيجارته على سيقانها حيثُ اندلعَ الحريقُ ليأكلَ أنسجتَها ويحرقها، ويحوّلها إلى اللّون الأسود!

في الجانب الآخر كانت مينا تسترقُ السَّمع إليهم، وضعَت يديها على فمها عندَما سمعَت صوتَ صراخِ أختِها، ورأتِ الحريقَ من أسفل البابِ، ثمَّ أصبحَت تطرقُ البابَ بجنونٍ لتنقذَ أُختَها الّتي فقدَت وعيها بالفعل بسبب الألم والرّهبة.

وهو قد فتحَ البابَ بعدما خمدَت النّارُ بقماشٍ ثقيلٍ، وغادرَ القصر بأكمله.

دخلَت مينا مفزوعةً إلى أختِها دونَ أن تقولَ أيّ كلمةٍ إلى أدريان الّذي غادرَ توّاً.

سنو، سنو!

قالَت لها عندَما شعرَت بوجودِها: أشعرُ بألمٍ في أقدامي!

أبعدَتِ الغطاءَ عن أقدامها لتُصدَمَ ممّا رأتهُ! أقدامُها والقليل من سيقانها قد احترقَت حتّى الانسلاخ! هي أيضاً قد رأت جزءًا من عظامها، فأرجَعَتِ الغطاءَ وجلسَت تبكي كما لو أنَّها لم تفعلْ من قبل، بكاءً أخرجَت فيه كلَّ ضعفِها بكاءً استجمعَت فيه قوّتها لتصبحَ مينا من ذلك اليوم مينا الفتاة البالغة عشر سنواتٍ فقط، القادرة على الاعتناء بستِّ شقيقاتٍ. قالَت لنفسها فورَ أن انتهت من البكاء:

-   يجبُ أن أعالجَ حروقها!

•••••••

الفصل الثّالث
2017/10/4

كان أدريان يتحدَّثُ معهنَّ بشأنِ باب القصرِ الّذي وجدَه مفتوحًا عندَما دخلَ، والجميعُ أقسمنَ إنهنَّ لم يخطينَ خطوةً واحدةً قربَ الباب، عدا مينا الّتي التزمَتِ الصمتَ

صرخ بهنَّ باللّغة الإسبانيّة: لن ينفتحَ البابُ من تلقاء نفسه! من لديها مفتاحاً للقصرِ؟! ومن أين أخذته؟!

وأصبحَت سنو تبكي هنا، فتحدّثَ بالكوريّة:

- هل ستبقين تبكين مثل الطفلة؟! اصمتي سنو!

قالَت جينا: أنا سأتطوّعُ!

قالَ بالكوريّة: إذا لم تتحدّثنَ سأقوم بمعاقبة واحدةٍ منكنَّ عشوائيّاً، وسيكون العقاب عسيراً!

قالَت جينا بصراخٍ: قلتُ أنا سأتطوّعُ!

قالَ أدريان بسخريةٍ: أنتِ!

قالَت جينا بثباتٍ: قُم بوشمي مثل باقي أخواتي!

- قد اخترتُ عقاباً عسيراً بالفعل! لكنَّه مناسبٌ، إلى متى ستبقين شاذّة عن الجميع ومدلّلة؟! مينا الّتي تتهافَتُ لتأخذَ العقابَ بدلاً منكِ كلّ مرّة!

قالَت جينا واستقامَت لتواجهه وتخترقه بنظراته:

- مينا لن تكن كذلك بعد الآن!

قالَت مينا بترجّي: جينا لا! إنّه ليسَ خطأكِ!

قالَت جينا لها: وليس خطأ أيّ واحدة منّا!

وتوجَّهت لتصبحَ مقابلةً للباب، ثمَّ أخذَها أدريان خارج الغرفة المظلمةِ وأغلقَ البابَ عليهنَّ، وكانت مينا تطرقُ الباب بجنونٍ من دون أيّ جدوى، كما فعلَت وفعل قبلَ سبعَ عشرةَ سنةً مع سنو.

ظلّت جالسةً حتّى خرج من الغرفةِ بعد فترة من الهدوء، لم يكنْ هناك أيّ صوتٍ أو ردّة فعلٍ، دخلَت ووجدَت جينا مستلقية على الكرسيّ ورأسها مائلٌ، ووجهها ينزفُ! قام بوشمه عدّة وشومٍ عشوائيّة على كامل وجهها ورقبتها وأكتافها، وجزء من ترقوتها.

جينا كانت قد فقدَتِ الوعيَ بالفعل أثناء وشمها.

أغلقَت مينا البابَ على شقيقتها ومنعت شقيقاتها الأخريات من الدّخول، وقد تولت كيول أمرهن، كيول دوماً ماتفعل وتهتم بشقيقاتها بعد مينا

قامَت بمسح الدّماء وتعقيمِ الجروح وهي تردُّد لنفسها:

- سأوقف هذا القدر المشؤوم علينا!"

وبقيَت بجانب أختها، وكانت كلَّ عدّةِ دقائق تفحصُ نبضها وحرارة جسدها، حتّى غطَّت بالنّوم وهي جالسةٌ أمام السّرير، ورأسُها يستندُ على طرفِهِ.

إنَّ الكابوس الّذي حظيَت به اللّيلة السّابقة كان أبشعَ كابوسٍ قد حظيت به، هو أرعبها نفسيّاً لا بصريّاً!

ولكن بجانب سرير جينا هذه الّليلة، هي حلمَت بكابوسٍ آخر أكثرَ بشاعةً ورعبًا من سابقه!

قالَت مينا لأخواتها الستِّ: يا فتياتُ! هيّا لنخرجَ!

الجميعُ كنَّ أمامَ القصرِ ووجوهنَّ إلى بابِه، وظهورهُنَّ إلى مينا، اقتربَت مينا ونادَت كيول ويومي، فأدارت كيول ويومي وجهيهما إليها، وكانت عيونهما مقتلعة من محجرها، والدّماء تسيل منها، وتعلو وجهيهما ابتسامة عريضة، ثمَّ استدارَ الجميع، وكنَّ كذلك بعيون مقلوعةٍ وابتسامة.

الرّعب الّذي شعرت به مينا كان حقيقيًّا، لم تفتح عينيها على مصراعيها وتشهق في الحلم، بل فعلَت ذلك في الواقع!

ضرباتُ قلبها تخطّتِ الحدَّ الطبيعيَّ، وجسدها يرجف، والخوف امتلكها، قامَت من على السّرير، ونفضَت ثوبها، ثمَّ تعثَّرَت ووقعَت وهي تبكي.

شعرَت بالخوف حتّى من أن تذهبَ وتتفقّد أخواتها! أو حتّى تنظرَ لجينا النائمة أمامها! بقيَت في مكانها، وجهُها مقابلَ الأرضِ وتبكي بهدوءٍ وتردُّدٍ، إنّه مجرّدُ حلمٍ! هذه مشاعرُ وقتيّة ستذهب حالمَا تهدأ.

وفي أثناء تهدئتها لنفسها المضطَّربة جلسَت سول أمامَها ووضعَت يدَها على فمِها تمنعُ شهقاتِها العاليةِ من الخروجِ، بينَما تحرّكَ رأسها بالنَّهي عمَّا تفعلُه.

دموعُ مينا أصبحَت أكثرَ غزارةً، بينَما سول استمرَّت بالضّغطِ على فمِها لتمنعَها من البكاءِ بصوتٍ مسموعٍ، وتخبرها مِن خلالِ عينِها الغاضبتين إنَّ ما تفعلُه الآنَ خاطئٌ، منذ ذلك اليوم مينا لم تنمْ ليلاً!

•••••••

عندَما استيقظت ديلانسي في اليوم التّالي وجدَت الكثيرَ من الرّسائل لأشخاصٍ يتساءلون عن حالها، وكيف تسير الأمور في باريس، حتّى صفحتها الشخصيّة في تطبيق "أنستغرام" امتلأت بالعديد من التعليقات من معجبيها القلقين من عدم تحديثها منذُ أسبوع وهذا شيء لم تفعلُه من قبل.

قامَت بالرِّد على بعض الرّسائل، ثمَّ استقامت وغسلت وجهَها، فتحتِ الستارة والتقطت صورةً يظهر فيها برج إيفل، ثمَّ قامت بتحديثها في حسابها الشخصيّ مع تعليق: "باريس! مدينةٌ مليئةٌ بالمفاجآت."

سرعان ما انهمرت التعليقاتُ مثل: 'اقضي وقتًا جيّدًا هناك"، "استمتعي بإجازتك"، 'أنتِ جميلةٌ"، "اشتقتُ إليكِ".

ثمَّ رمَت هاتفها جانباً وأخذت حمامًا دافئًا، غيّرت ثيابها وخرجَت إلى أسواقٍ قريبةٍ من محلِّ إقامتها، اشترت ربطةَ عنقٍ وأزرار أكمامٍ معدنيّة باهظة الثمن، وعادت إلى الفندق.

قامَت بالسؤال عن مكان سونهو، وأخبروها إنّه لم يأتِ بعد، نظرت إلى ساعةِ يدها وكانت تشيرُ إلى السّابعة، ودوامه يبدأ عندَ الثّامنة.

أعطَتِ المغلَّفَ إلى موظَّفِ الاستقبال، وطلبَت منه إيصاله
إلى سونهو لأنّها ستخرجُ الآن ولا تستطيع الانتظارَ.

•••••••

2009/2/22

كانَت مينا جالسةً في المكتبةِ مع شقيقاتها تقرأ لهنَّ كتابًا باللّغة الفرنسيّةِ، وهنَّ يرددْنَ وراءها، بينما الطّفلة جينا ذات العشر سنوات تواجهُ صعوبةً في فهمِ هذه اللّغة:

- لماذا الجميع جيّدٌ بهذه اللّغة إلَّا أنا؟!

قالت سول: ربما لأنَّنا نحبُّ هذه اللّغة!

قالت يومي: من قالَ إنّي أحبّها؟!

أجابت سول: إذن لماذا أنتِ جيّدةٌ هكذا بها؟!

قالت يومي: لا شيء سوى أنّي كنتُ جيّدةً في جميع الدّروس في المدرسة، واللّغة الفرنسيّة ليست استثناءً!

سألت جينا بفضول: كيفَ هي المدرسة؟! هل هم يجلسون ويقرؤون مثلنا هكذا!

مسحَت مينا على رأسها وقالت: نعم، الأشخاصُ في المدرسة يسمّون بالطلّاب، ويجلسون على مقاعدَ مخصَّصةٍ للجلوس لوقت طويل، وهناك عدّةُ أشخاصٍ يسمّون بالمعلمين يقومون بتدريسهم، لكن بطريقةٍ أكثر صرامةً من التّعليم المنزليّ.

قالَت جينا: هل التّعليم المنزليّ شيءٌ يفعله الكثيرون؟!

قالت مينا: نعم، إنّها وسيلةُ تعليمٍ أيضاً! سيكون لديكِ صفٌّ من الآن فصاعداً عن العالم الخارجيّ! سنتحدَّثُ فيه عمّا يوجدُ وراءَ جدران هذا القصر. ثمَّ أردفَت: مَن تحبُّ الانضمام لجينا؟

ولم ترفعْ يدها أيّ فتاةٍ، لا أحد يريد الانضمام! لتنطفئ تعابيرُ الحماس على وجه مينا.

قالَت سول: ليس من الجيّد أن تحدّثيها عن الخارجِ وأنتِ تعلمين كم هو خطر!

وأكملت سول: ماذا لو حاولت الخروجَ؟!

رفعت سنو رأسها ونظرَت إلى سول، سنو كانت تجلس على كرسيّ متحرّك بعد ضمورِ عضلاتِ أقدامها، فلم تتمكّن من الحركة مرّةً أُخرى.

- لا أحد لديه فضولٌ عن العالم الخارجيّ. حتّى جينا!

قالَت سول ذلكَ وغادرتِ الصفَّ، وأيضاً سنو أدارت عجلات كرسيِها المتحرّك وغادرت، ثمَّ غادر الجميعُ، واحدةً تلو الأُخرى، عدا كيول.

اقتربت كيول إلى مينا، وربتّت على أكتافها: أنتِ تعملين بشكلٍ جيّد مع جينا، أنا سأنضمُّ لصفِّها، يجبُ أن تتعلّم المزيدَ عن العالم الخارجي، أتّفقُ معك بهذا!

قالَت مينا ولم تنتظرْ ردّاً يُرضيها: هل أنتِ تؤمنين بخروجنا من هنا؟!

•••••••

قالَت مينا ولم تنتظرْ ردّاً يُرضيها: هل أنتِ تؤمنين بخروجنا من هنا؟!

2017/10/5

ذهبَت ديلانسي إلى القصرِ للمرّة الثّالثة، وكان البابُ مفتوحًا كعادته، دخلَت ووضعَتِ الكتابَ الّذي أخذتهُ في المرّة السابقة على البيانو، وأخرجَت قصاصةَ ورقٍ كتبَت عليها: إذا كنتَ تحتاجُ إلى المساعدة، أعطني إشارةً!

ووضعَتها فوقَ الكتابِ وغادرَت! ليس لديها شيء تفعلُه في القصر الآن، وهي بالفعل تخشى الصعود إلى الأعلى، رغم أنَّها ليسَت خائفةً أيضاً! لا تستطيع تحديد مشاعرها بالتّحديد، فقط غير مستعدّة لاكتشاف القصر بالكامل، أيضاً لن تستسلمَ لكن ليس الآن.

وعندما غادرَت، وقبل أن تخطو خطواتٍ طويلةٍ سمعَت صوتَ صلصلةٍ مفاتيح، والباب الخارجيّ للقصر يبدو وكأنّهُ قد قُفل من الدّاخل!

وهذا يعني الكثير، أهمّها أنّ مَن في الدّاخل هم بشرٌ وليسوا أشباحًا، وفي أسوأ الأحوال هم لن يؤذوها.

أيضاً أمرُ وجودِ أكياس الثّياب والطعام والأدوية في اللّيلة السّابقة واختفائها من الطابق السفليّ الآن! وكذلك المزروعات الّتي يتمُّ سقيها دائماً، والكتاب الّذي وجدتهُ على البيانو المفتوح؛ كلّ هذه الاشياء تدلُّ على أنَّ القصر مسكونٌ، لكن ليس بالأشباح، ربّما بالأبرياء!

....

2010/10/5

كيول: لمَ العالم الخارجي مكانٌ خطرٌ؟!

سول: إنّه خطرٌ للملعونات أمثالنا!

كيول: ماذا فعلنا لنحصلَ على هذه اللّعنة، وليتمَّ لعننا؟

سول: والدانا قاما بفعل شنيعٍ، ونحن نعاقَبُ على ما فعلاه!

كيول: لكن، لمَ نحن ندفع الثّمنَ؟! هم ماتوا بالفعل، أليس هذا عقاباً كافيًا؟!

سول: يبدو أنَّ العالم مازال قاسيا للغاية، حتّى نتحرر من لعنة هذا القصر!

كيول: هل ينتظرنا المزيد من الظلم؟!

سول: والدانا كانا جشعين!

قالَت كيول بغضبٍ وصوتٍ مرتفعٍ: وما دخلنا بجشعَين تمَّ رميهما بالنّهر منذُ عشرِ سنواتٍ وتخلّص العالمُ منهما؟!

قالَت سول بهمسٍ: اخفضي صوتَك! لا تدعي غضبَك يُنسيكِ حقيقةً واقعنا! وتركتها بمفردها.

. . . .

2017/10/5

عندَما دخلَت ديلانسي إلى الفندق واجهَها سونهو لتصنع ابتسامةً لهُ، قائلةً: أهلاً بك سونهو!

قال سونهو لها: رغبتُ بشكرِكِ بنفسي على الهديّة، ولم يكن هناك داعٍ لتكليف نفسكِ، شُكركِ لي قد يكفيني بالفعل!

قالت ديلانسي: لقد أخذتُ الكثيرَ من وقتكَ، وأحببتُ أن أعبّرَ لكَ عن امتناني.

قال سونهو: آملْ أنّك تشعرين بالرّاحة في فندقنا!

قالت: أنا كذلك! وابتسمت له.

قال لها: احصلي على يوم جيّد!

فأجابته أنتَ كذلك!

وغادرَ، وهي توجّهت إلى غرفتها.

في كلّ مرّة تعود فيها ديلانسي إلى الفندق تقوم بإجراء بحثٍ في الإنترنت محاولةً أن تجدَ شيئاً ما، حتّى تغطُّ بالنوم، لتذهب إلى القصر في الصباح الباكر وتكرّر اليوم.

ولكن في هذا اليوم هي قرّرَت فعلَ شيءٍ آخر، هي لا تعلمُ ماذا سيكونُ مصيرها، وأيضاً لم تشعر بالنّدم على كلّ ما فعلَتْهُ، ولن تندم على ما قد يحصل، ولذا هي في هذا اليوم قرّرَت التوجُّه إلى الأماكن السياحيّة في باريس لتشعرَ بإجازتها المختلفة هذه المرّة.

لا تجيد الفرنسيّة للتواصُل لكنّها استخدمَت إنجليزيّتها والّتي أسعفتها للتواصُل والاستمتاع بوقتها، الطّعام، الأماكن العامّة، وأيضاً الحديث العابر مع الغرباء.

وعندَ عودتها للفندق ليلاً، وجدَت رسائلَ من أحد موظفي الشّركة يخبرُها بأنّهم حجزوا طائرةً لها للعودة عند السّاعة التاسعة صباحاً، لتقوم بتجاهُل الأمر وتنام.

•••••••

قالَت كيول لسـول الّتي كانت تجالسُها وهما تقرأان كتابًا ما:

لمَ علينا العيش هنا؟

تساءلت سول باستغراب: ماذا؟!

قالَت كيول: هُنا قرأتُ وصفًا لقريةٍ يعيش بها فتى الرّواية، وكان هناك جبالٌ ووديانٌ وبحرٌ، والكثير من النّاس المتحابين والمتعايشين بسلامٍ رغم اختلافهم وعيوبهم! حتّى أنَّ هناك صورًا، انظري! وسلّمَتها الكتابَ.

أخذَت سول الكتابَ ووضعتهُ جانباً، هي حتّى لم تنظرْ إليه، وقالَت: العالَم للأشخاص الّذين تحدّثتِ عنهم، والقصرُ لنا! ونحن مجموعتان لا يمكن اندماجهما معاً! نحن لسنا مجرّد فتياتٍ مختلفاتٍ، أو لديهن عيوبٌ! نحن ملعوناتٌ ومنبوذاتٌ، لا أريدُ استخدام سنو كمثال، لكن هي حقاً مثالٌ لكلّ واحدةٍ منّا ترغبُ بالخروج.

قالت كيول: لماذا يجبُ أن يكونَ هذا واقعنا؟ لماذا يجبُ أن تكونَ سنو مُقعدةً لأنَّ أقدامها تمَّ حرقَها حتّى ضمورها! لأنَّها

حاولَتِ الخروجَ من هذا القصرِ الموحِش إلى العالَم الواسع الّذي بإمكانه تقبُّلها كما هي!

قالت سول بصوتٍ هادئٍ، وغضبٍ واضحٍ:

- هل تتساءلين هذا حقاً؟! أنتِ تعرفين بالفعل مَن هم والدَانا، وماذا فعلَا؟!

قالَت كيول بصوتٍ مرتفعٍ: وما دخلنا بخطايا غيرِنا؟ وقد تمَّ قتلَهُما منذُ سنوات!

ففي نهايةِ حديثِها هي لم تُسيطرُ على غضبِها وانفعالِها؛ بسببِ سول الشَّديدةِ الانصياع لقوانين القَصر.

قامَت سول حتَّى أصبحَت أمامَها، وضعَت يدَها على فمِ كيول، وهمسَت: هشش! كيول، هشش!

ثمَّ أنزلَت سول يدَها إلى حنجرةِ كيول، وتحدَّثت بهمسٍ: إنَّهُ النَّهار بالفعل! نحنُ نتحدَّث بصوتٍ منخفضٍ نهارًا، ونتواصل همساً ليلاً، وعندَما نشعرُ بوجودِ أحدٍ حولنا تواصلُنا يصبحُ بالأعينِ، وحوارنا يصبحُ بلغةِ الإشارةِ!، كيول، لا تنسَ قوانينَ هذا القصر!

سـول كانَت تتحدَّث بخفوتٍ بالكادِ يُسمَعُ صوتُها، لكنَّ غضبَها كان واضحاً لكيول جداً.

عندما انتهت من حديثها إلى كيول، غادرَت تاركةً كيول خلفَها، لتواجهَها الطّفلةُ جينا أمامها، ثنت سول إحدى قدميها وجلسَت على ركبةٍ واحدةٍ:

- عزيزتي جينا، هل تعلمين ما هو سببُ الوشوم على وجوهنا جميعاً؟

كانَت سول تقومُ بالمسحِ على رأسِ شقيقتها الصُّغرى أجابتها جينا: لأنّكنَّ خرجتنَ جميعاً في جولةٍ حولَ القصر مع العمِّ أدريان قبلَ إحدى عشرةَ سنةً!

هذا ما تمَّ تلقينها إيّاهُ منذُ أن بدأت تتساءلُ لماذا هي مختلفةٌ عن باقي شقيقاتها؟ حيثُ كانَت تسألُ: أين هي ندوبي؟! لأنَّها ظنَّت أنَّ الوشومَ على وجوهِ شقيقاتها هي أمرٌ طبيعيّ، وجزءٌ من تكوين وجوههنَّ!

قالت سول: هذا صحيح!

ثمَّ أمسكَت بيدِها، وأخذتها إلى غرفةٍ أُخرى، وهي تقول:

- سأحكي لكِ قصَّةً أُخرى عن صرع مادي!

مهما تحدّثت مينا لهنَّ عن أنَّ حرق أقدام سنو من فعلِ أدريان العجوز، لم يصغينَ إليها، حتّى سنو مقتنعة أنَّ ما حدث لها بسببِ جرأتِها وخروجِها من القصر!

وفي تلك الأثناء كانت مينا تصغي جيّداً إلى حديثهن، فالحيطان خفيفةٌ لذا دخلت مينا وهي تحملُ كأسَ ماءٍ بيدها بعدَ خروج سول.

جلست على الطّاولةِ ووضعَت مينا كأسَ الماء أمامهن، وقالت: لو أخبرتُكِ أنّي أشعرُ بالعطشِ، ماذا ستقولين لي؟!

قالَت كيول ببديهيّةٍ وهي تشيرُ على الكأس أمامها: اشربي الماء!

قالت مينا: وإذا أعرضْتُ عن شُربِ الماءِ؟

أجابَت كيول: ستبقين عطشةً!

قالت مينا: وإذا توسلتُكِ أن تروي عطشي، واعرض عن شرب الماء؟!"

"ستبقين تتوسلين حتى تموتين عطشاً" قالَت مينا بمنطقيّةٍ: إنَّ هذا ما يحدث لنا!

أكملَت: نحنُ أمام طريقِ الخلاصِ، لكنّا نُعرِضُ عنه! لا أحدَ سيأتي ويخلّصنا، والطّريق أمامنا، لا احد يستطيعُ تخليصنا سوانا!

ثمَّ أمسكَت يدها بكلتا يديها وقالت: نحتاجُ فقط إلى الإدراك، والقليل من الشجاعة لننجو!

بعدَ عدّة سنواتٍ مينا رأت في شقيقتها كيول ذاتَ الرّغبة الّتي لديها بالخلاص من هذا القدر.

....

2017/10/6

في الطّابق العلويّ للقصر كانت الأخوات السّبعُ في غرفتهنَّ، سول ومادي ومينا كنَّ في القسم الأوَّل من الغرفة يتحدّثن على انفراد.

قالت سول: نحنُ يجب ان نوقفَه عن المجيء، أنا لا أتحمّل تطفُّلَه علينا!

مادي كانت تراقُب الغابةَ من الشبّاكِ، بالكاد يظهر شيئاً من وجهها، قالت مينا بانفعالٍ:

-    إنّها لم تؤذِنا! أليس بإمكانكنَّ رؤية هذا!

قالَت سول بتفاجُؤ متأمِّلةً النّفي من مينا: إنّها! مينا! مينا، هل رأيتها؟!

قالت مينا: نعم، لقد رأيتها، ونحن بخير! افهمنني أرجوكنَّ! لقد حان الوقت لنتحرّر!

سول: نحن بخير! مينا أيّ خيرٍ تتحدثين عنه؟! انظري إلى وجه جينا، ماذا تريدين أن يحلَّ بنا أكثر لتستسلمي عن الخروج إلى هذا العالم القذر؟!

قالَت مينا: إنّها أفعال أدريان المجرم، وليس ما نستحقُّه!

ابتعدَت مادي عن السّتائر مرتعبةً وقالت: لقد أتَت! عندما رأت طيفها يخرج من بين الأشجار الكثيفة!

قالَت سول بخوف: هل رأيتِ وجهها؟!

قالَت دامي بتلعثم: فقط طيفها قبل أن تخرجَ من بين الأشجار!

شعرَت سول بالرّاحة هنا، وقالت لدامي المرتعبة: القصر مقفولٌ، لا تقلقي!

أخرجَت مينا مفاتيح من جيبها وقالت: لقد فتحتُه، أنا سأقابلُها اليوم!

وضعَت مادي يديها على فمِها وخرجت بعض الدموع من عينيها.

اقتربَت سول إليها وقالت مترجيّة: نحن لا نريد خسارتك! لن نتحمّل هذا أبداً!

- لو كان هناك احتمال واحد بالمئة على أنَّ وجودَها سيؤذينا لم أكن لأفعل! كنت دوماً أرغبُ بإنقاذكنَّ، وسأفعل. قالت كلامها واستعدّت للنزول. قالت سول مترجّية بصوتٍ خافتٍ عندما خطت مينا خارج باب الغرفة:

- أرجوكِ مينا لا تفعلي!

عند نزول مينا الى الطابق السفلي مادي قد بدأت نوبة صرعها بالفعل، وفي الطابق السفليّ للقصر كانت ديلانسي كعادتها، فتحَت الباب ودخلت، دوماً ما كانت تأخذ وقتها بالنّظرِ والتمعُّن إلى حالة القصر، لتلاحظ أيّ تغيُّرٍ، وتحاول تفسير مايحدث هنا، لكن اليوم لم تجد شيئاً!

ظلّت واقفةً حتّى سمعَت صوت خطواتٍ فوقَ رأسِها مباشرةً، ثمَّ ظلّ ارتسم على الحائط المقابل للدّرج، ظلّ فتاةٍ كانت تخطو إلى الاسفل بهدوءٍ.

تراجعت، وتراجعت ديلانسي حتّى اقتربت إلى الباب الخارجي والّذي كان ما يزال مفتوحًا لتطمئنَّ، لأنَ لو أحدٌ كان يريدُ السّوء بها، كان سيقُفل الباب عليها من الخارج!

أيضاً الكتابُ كان موجودًا على الطاولة مثلما وضعَتهُ وفوقة القصاصة مقطّعة إلى أشلاء!

ثمَّ وجّهت أنظارها إلى السلّمِ لتجدَ فتاةً طويلةً ترتدي تنورةً قصيرةً وقميصًا أبيض، ذات شعر أحمر طويل، وشمس كبيرة موشومة على وجهها، تتوسّطها شمس أصغر على جبينها، نحيفة للغاية وذات مظهر غريب، قالت:

–   أنا مَن كنتُ أطلب مساعدتك!

صرخَت يومي من الأعلى: مينا عودي إلى الأعلى!

نظرت ديلانسي إلى الأعلى، حيثُ مصدرُ الصوت.

قالت ديلانسي: لستِ بمفردك!

وأومأت مينا بالإيجابِ، وفي الأعلى كيول استلمت أمر تهدئتهنَّ!

بعدَ عيشهُنَّ معاً ولمدّة تجاوزَتِ العشر سنواتٍ بقليل بعيداً عن العالم الخارجي، أصبحت لديهنَّ طقوسُهنَّ الخاصّة، مثل الاعتياد على التحدّثِ بصوتٍ خافتٍ في النّهار، استخدام لغة الإشارة في اللّيل، والتحدّث بهمسٍ عند الضّرورة، ثيابهنَّ وتصميمهنَّ بأنفسهنَّ للثياب، عادات أُخرى تمثَّلت بتهدئة إحداهُنَّ للأُخرى عند إصابتها بالأرق، أو الاجتماع حول إحداهنَّ

وإشعال الشموع وتلاوة بعض التّراتيل عند الشعور بالخوف أو الصّدمة.

فبعد محاولة سنو للهرب أصبحَت مادي تُعاني من نوباتِ هلعٍ تمثّلَت بالبكاء بشكلٍ هستيري، أو نوبات الصّرعِ، وكانت تهدأ من خلال تجمُّع الأخوات حولها وإشعال الشّموع وقراءة التراتيل عليها.

هذا الشيء حدث لمادي آخر مرّة منذُ سبعِ سنوات، واستمرّ لعشرِ سنوات، وها هنا الآن يحدث مرّة أُخرى لها، فبعد دخول ديلانسي إلى القصر ونزول مينا لها أصابتها تلك الحالة المتمثّلة بالبكاء، ثمَّ نوبة الصّرع، وقد تولّت كيول أمرها.

قالت: لنجتمع حولها! والجميعُ أحضرنَ شمعوعهُنَّ وجلسْنَ يرتّلْنَ لها.

كانت مادي تهذي باسمها: مين.. نا!

أمرتهُنَّ كيول وهنَّ فعلن: استمررن بالتّرتيل!

وفي الأسفل كانت مينا قد شعرت بما حدث في الأعلى، لكن عليها تحريرهُنَّ الآن وطلب المساعدة!

لنجلسْ؛ قالت مينا وأشارت إلى القنفات المتموضعاتِ جانباً. عندما جلسْنَ تناثرَ بعض الغبار، فهنَّ لا ينزلنَ إلى الطابق السفليّ إلّا نادراً.

قالت ديلانسي: هل بإمكانكِ التحدُّث عن كلّ شيء يحدث هنا! ثمَّ نظرَت إلى القصاصة الممزّقة باستغرابٍ.

قالَت مينا بصوتٍ خافتٍ: لتخفضي صوتَكِ أوَّلاً، فإحدى أخواتي تعاني من نوبة صرعٍ الآن! أيضاً أنا من قمتُ بتقطيع القصاصةِ، لإثباب أنَّ من داخل القصر بشرٌ، وليست أرواحاً فقط!

تفاجأت ديلانسي: أوه! أنتنَّ أخوات!

- نحن سبعُ أخواتٍ نقطنُ هنا منذُ سبعَ عشرةَ سنةً، أنا أكبرهُنَّ، ابلغ من العمر سبعةً وعشرين عاماً، والأصغر في سنِّ السّابعة عشر، وهي مريضةٌ وبحالة حرجة الآن!

قالت ديلانسي: سأتّصلُ بالإسعاف!

قالت مينا: انتظري! نحن مخطوفاتٌ، ولا نعلمُ متى سيأتي الخاطف! هو خَطِرٌ، ويستطيعُ التَّلاعبَ بعقول الأشخاص!

قالَت ديلانسي بخوفٍ: مخطوفات!

أكّدت مينا: نعم، نحن محبوساتٌ في هذا القصر منذُ أكثر من سبعَ عشرةَ سنةً.

أوه! خرجت من ديلانسي بذهولٍ، ثمَّ قالت: كيف؟

- قبلَ سبعَ عشرةَ سنةً قام صديق والدي وشريكه
السابق راني أدريان بقتل والداي وحرقهما أحياء، ورمي
جثّتيهما في النهر، ثمّ خطفَنا وحبسَنا في هذا القصر
المعزول، حيثُ أوهَمَنا لعدّة سنواتٍ ومنذُ نعومةِ
أظافرنا بأنّنا ملعوناتٌ، وإذا قابلنا أو تواصلنا مع أيّ
بشريّ، أو حتّى بالنّظر إليه سنحترق أحياء! أخواتي كنَّ
صغيراتٍ للغاية، لا يعرفنَ شيئًا عن العالم الخارجي،
إحداهنَّ كانت رضيعةً وأُخريات لا يجدنَ التحدّث بعد،
أو بالكاد يستطعنَ التحدّثَ، فاستطاع غسل عقولهنَّ،
خاصّة بعدما عاقب إحدى أخواتي الكبيرات من خلال
إحراق قدميها حتّى عجزت عن السير مرّة أُخرى! لم أكن
ذات تأثير جيّد عليهُنَّ، استطاع إقناعهُنَّ بعقوباته
وصرامته وإجرامه، بأنّهنَّ ملعوناتٌ وعليهُنَّ العيشَ
داخلَ حدودِ هذا القصرِ، دون أن يخطينَ خطوةً واحدةً
خارجَه. بالكاد استطعْتُ إقناعهُنَّ بأمرِ الوصول إلى
السّطحِ، وضرورة تعرّضنا للشّمس بين حين وآخر،
الأمرُ أخذ منّي سنتين لفعلِه! في بادئ الأمر كنتُ آخذ
جينا الرّضيعةَ خلسةً وأذهبُ بها إلى السطح، فهي
رضيعةٌ ولا تفقه شيئاً ليسمّمها بأفكاره، ولكن حتّى جينا

لم أكن ذاتَ تأثيرٍ جيّد عليها، استطاع إقناعها قبلَ أن أفعلَ أنا!

قالَت مينا كلماتها، وسقطَت بعضُ الدّموع منها، وتابعت: لمدّة سبعَ عشرةَ سنةً كانت رؤية النجوم ليلاً والشمس صباحاً نزهتهُنَّ الوحيدة! هنا لم تذرف مينا الدّموع وحدَها! لم يَأتِ أيّ أحدٍ من قبلِكِ إلى هذا الحدّ! أنتِ الوحيدةُ الّتي رأيتها تقتربُ إلى الباب وتحاولُ فتحه أيضاً، كان في بادئ الأمر يأتي بعضُ المراهقين ويثيرون جلبةً خارجاً، وفي إحدى المرّاتِ قامَ بعضهم برمي قصرَنا بالحجارة!

لكن أنتِ فقط كنتِ شجاعةً جدّاً لمحاولة دخولكِ إلى القصر أيضاً، بعرضك لتقديم المساعدة لنا! أيضاً لم تكوني متطفّلةً! وكنتِ فضوليّة لمعرفة ماذا يحدثُ هنا، ولذا تواصلتُ معكِ، لأنّي شعرتُ بأنّنا سننقَذُ على يدكِ! ولن تكوني خطراً علينا.

هكذا أوضحت مينا أمرهُنَّ لها.

قالَت ديلانسي: بحثتُ كثيراً بشأن القصر لكن كلّ ما وجدتُهُ هو الإشاعات! الأشياء الّتي حدّثتِني عنها سمعتها للتوّ لأوّل مرّة!

- أدريان، بالتّأكيد كان من ينشر الشائعات حتّى يُبعدَ النّاس عنّا، وبالتالي عدم تواصلنا مع العالم الخارجيّ، وتأكيد ادّعائه السّخيف: بأنّنا أرواحٌ ملعونةٌ!

قالت ديلانسي وقد شكّت بشخصٍ ما:
- كيف هو شكل راني أدريان؟! أبإمكانكِ وصفه؟!
سمعَتا هنا صوتَ محرّكِ سيّارةٍ قريب من القصر، وكانت الشمس قد غَرَبَت بالفعل، قالَت مينا بذعرٍ:

- لقد أتى! عليكِ الاختباء!
- يجبُ أن أتّصلَ بالشُّرطة!
- "يجبُ أن نختبئ وفقطِ، أرجوكِ! سأتدبّر الأمر، إنّه خَطِرٌ!

هكذا قالت مينا لها، وأخذَت بيديها وصعدَت بها إلى الأعلى، وجدَتِ الأخوات يقومْنَ بالتّرتيل، ومادي ماتزال نوبتها مستمرّةً.

وضعَت ديلانسي في غرفةٍ صغيرةٍ قريبةٍ من غرفتهُنَّ حيثُ تستطيعُ سماع كلّ شيء، وقالت: اختبئي في أيّ ركنٍ، ولا تنبسي بحرفٍ، الحيطان خفيفة!

وغادرت مغلقةً البابَ عليها، واختبأت ديلانسي أسفل السرير، ووضعَت هاتفها على الوضعِ الصامت، لكنَّها وجدَت رسالةً من جيهون يخبرها بأنَّه أتى إلى فرنسا اليوم!

صعدَ راني أدريان إلى الطابق العلويّ، ووجدهُنَّ جميعهُنَّ جالساتٍ حول مادي، وبيدهُنَّ شمعة، ويرددْنَ التراتيل، جميعهُنَّ عدا جينا المريضة، لأنَّه قام بوشم كامل وجهها بعنفٍ اللَّيلة الماضية، ولا تستطيع التحرّك من الألم.

كانت مادي بدأت تهدأ بعد انضمام مينا لهنَّ، لتنامَ من دون شعور بعدها.

أردْنَ التوقُّفَ عندَها، لكنَّ مينا أعطتهُنَّ إشارةً لإكمال ما كنَّ يفعلنَ.

ففهمَ أدريان، وأصبحَ يدور حولهُنَّ ويتحدّثُ.

قال: بابُ القصر كان مفتوحًا مرّةً أخرى! ورائحةٌ قذرةٌ غريبةٌ قد شممتُها عندما دخلت! هل عدتُنَّ لتشاكسن، وأنا قمتُ بمعاقبتِكُنَّ في البارحة؟!

استمرّين بالتّرتيل، ولم يتحدّثنَ، كنّ منصاعاتٍ خلف إشارة مينا بالإكمال مهما حدثَ.

قال: لن تبقينَ في هذا المنزل بعد الآن!

ثمَّ أخرج عصابات من حقيبته، وحوّط أعينهُنَّ واحدة تلو الأُخرى، ثمَّ قالَ عندما انتهى من تعصيب عيني جينا:

- ستنتقلْنَ إلى مكانٍ آخر!

هنا جاءته ديلانسي من الخلف وضربَتهُ بعصا بقوة على رأسه حتّى سقطَ وأصبح يتلّوى بجانب مادي مغمضة العينين، وكانت نوبتها قد عادت.

فتحَت مينا عينيها، وكانت كلّ أخواتها ما زلن معصوباتِ الأعين يحاولْنَ التجمُّع معاً في مكانٍ واحدٍ، لم يتجرّأنَ على فتح أعينهُنَّ! حتّى مادي الجالسة تنتفضُ أرضاً.

قالت ديلانسي بعدما رأت وجهَه: أيّها العجوزُ اللّعين! وكان ذاته العجوز الّذي تظاهر بأنّه مزارعٌ، وأخبرها بالأكاذيب عن القصر في تلك المرّة عندما صادفته في الغابة، ولم تكن مصادفةً بالتأكيد، بل شيءٌ خطط له عندما علمَ بأمر التّصوير قرب القصر، فأخبرها بالإشاعات حتّى تخافَ وتبتعدَ.

كانَ يتلّوى بسبب الألم الّذي تلقّاه على رأسه، ورؤيته أصبحت ضبابيّة قليلاً.

جلست ديلانسي على ظهره، وقالت لمينا: أعطِني عصابتكِ! أرادَت لفَّ يديه وتقييده، لكنَّه استقامَ ودفعَها عنه.

أخرجَ مسدسًا وصوّبهُ نحوها:

-   جيّد! اقتلني، لتكُن عقوبتك مضاعفةً، اختطاف سبع فتياتٍ زائد قتل واحدة أُخرى!

قالَت، ثمَّ رفعَت هاتفَها: لقد اتّصلت بالشُّرطة بالفعل! كانت سول تحاول إمساك أخواتها، وتحذّرهُنَّ من النَّظر، لكنَّهُ سحبَ الزّناد قائلاً:

-   الجثثُ ليس بإمكانها الحديث! عندما يأتون ولا يجدون شيئاً سيذهبون كالعادة، كلّ فضوليّ لعين حول قصري..

لكنَّ مينا من الخلف ضربَتهُ بمزهريةٍ كبيرةٍ أغشتهُ أرضاً فاقدًا للوعي.

لتقوم ديلانسي بربطِ يدَيه من الخلف، وقدميه أيضاً، وإبعاد أسلحتهِ وكلّ شيء حادّ عنه، كذلك حقيبتهُ وهاتفهُ.

قالت مينا لها: هل اتّصلتِ بالشّرطة بالفعل؟!

- سأتّصل الآن! قالت وضغطت على رقم 197

أردفَت أثناء انتظارها للردّ: أخبرتِني أن ألتزمَ الصمتَ، ولذا

لم أتّصل!

جاءها الرد سريعاً:

- معك الخطّ الساخن لحالات الإرهاب والاختطاف،

كيف نخدمك؟!

- أريدُ التبليغَ عن حالةٍ اختطافٍ، هناك سبعُ فتيات

مخطوفات، والخاطف مغشيّ عليه بحوزتي، فلتأتوا

سريعاً رجاءً قبل أن يستيقظ!

- قومي بتحديد عنوانك رجاءً، أين أنتنَّ الآن؟

- أين نحن؟! نحنُ في مزرعة راني أدريان!

- نحن في طريقنا إليكِ بالفعل، ابقي على الخطّ معي،

وكوني حذرةً منه!

ديلانسي لم تتّصل بالشرطة؛ لأنَّ الشرطةَ دوماً كانَت غيرَ

مهتمّة بما يحدثُ في هذا القصر، وبما يحدث للأبرياء هنا،

هي اتَّصلت بجهازِ مكافحة الإرهاب، والإبلاغ عن حالات الاختطاف! ولقد اتّصل جيهون بالشُّرطة مسبقاً، حيثُ قامَ بإرسال رسالةً لها يسألها بها عن أحوالها، وهي كانت مختبئةً تحت السّرير، فردّت عليه: اتّصل بالشُّرطة، أنا في داخل القصر الآن!

وهو فهِمَ سريعاً، وبلّغ عن حالة اختفائها، هذا ما أخبرهم به!

•••••••

الفصلُ الرّابع

تعرّف بارك سودام وهو ابن الخامسة والعشرين على راني أدريان وهو في ذاتِ العمر في إسبانيا، وكانَا مجرّد شابّين يسعيان جاهدين للعيش وجمع المال.

كان أدريان يعمل كعامل بناءٍ، وقد ساعدَتهُ بنيته الجسديّة القويّة بذلك، وبارك سودام عَمِلَ كمدبر منزلٍ لإحدى العوائل الغنيّة الكوريّة في إسبانيا.

وبعد فترةٍ طويلةٍ من العمل امتدّت حتّى بداية ثلاثينياتهما مرّا فيها بالكثير من التغيُّراتِ، وأهمُّها أنَّ بارك سودام كان قد تزوّج بالفعل في إسبانيا، وتشاركا أموالهما لشراء بعض العقاراتِ الصغيرة، واستأجراها لإسبانيين هناك، استقال كلٌّ منهما من عمله وبدأا بتطويرِ عملهما في العقارات والتفرُّغ له.

السيّد بارك سودام كان مهوسًا بالعملِ وجمع المال، من أجل بناته اللائي ولدنَ للحياة واحدة تلو الأُخرى بفرق سنوات قليلة

بينهنَّ، أمّا السيد راني ادريان؛ كان قد تزوّج بالفعل لكنّه يعمل فقط دون أن يفكّر بالإنجاب..

قد عاشت العائلتان، وعاش الرجلان حياةً كريمةً وسعيدةً معاً، حتّى وقتٍ طويل، لتحدث الانتكاسةُ الاقتصاديّة في إسبانيا، وعزف الناس عن شراء أو استئجار العقارات، وبالصدفة والّتي كانت سيئةً للغاية مرضَت زوجةُ السيد أدريان بسرطان البنكرياس، فأخذ إجازةً طويلةً من العمل، وأصبح يجول الأطبّاء والمستشفيات بها بحثاً عن علاجٍ، بعضهم يخبرونه بالحقيقة؛ وهي أنّها لن تعيش، والبعض الآخر يستغلّ يأسه وماله، ويوهمه بالأكاذيب والعلاج الّذي لا طائل منه.

كانت كلّ ما يملك، لذا لم يبخل عليها بقرشٍ واحدٍ، حتّى اقترب للإفلاس بسبب عدم عمله لفترة طويلة في ظلِّ الازمة الاقتصاديّة وصرف الكثير من الاموال على العلاج!

ولم ييئَس، كان لا يخشى الفقرَ وهو معها، ما يخشاه هو أن يفقدها، ولذا عندما اقترح عليه أحد الاطباء بالعلاج الأخير وهو استئصال أجزاء من البنكرياس المتضرّر وإبقاء الجزء السليم وافق هو وزوجته عليه، لكنَّ مبلغ العمليّة كان خياليًّا! زوجته رفضت العمليّة وأخبرتهُ أن فرصةَ نجاتها باتت ضئيلةً، ويجب عليهما أن يستعدَّا لِما هو قادم ويتقبلانه! وإنَّ عليه العودة

والعمل وتعويض ما فاته وخسره. لكنَّه غضبَ ورفضَ وأصرَّ على إجراء العمليّة، ولأنَّ الزوج آنذاك كان لديه الحقّ بتقرير الكثير من الأمور عن زوجته، هو وافق على إجراء العملية لها، والّتي كانت نسبة نجاحها ضئيلةً وتكلفتها باهظة.

فعاد إلى صديقه بارك سودام، وطلب منه بيع حصّته في شركتهما للعقارات، لأنّه بحاجة ماسّة للمال!

غضبَ سودام من تصرّفهِ وأخبره بأنّه لا يستطيع فعل شيء متهوّر هكذا في ظلّ الأزمة الاقتصاديّة هذه، وأيضاً ليس بحوزتهِ المال الكافي لإعطائه ثمنَ الأسهم الّتي يمتلكها في الشركة، وسيكون تصرفًا متهوّرًا لو باعها لرجلٍ آخر!

لكنَّ أدريان غضبَ أيضاً وأخبره أن يختارَ بين أن يعطيه ثمنَ أسهمه وهو سيبيعها له، أو يبيعها إلى شخصٍ أو أشخاص آخرين!

سودام لم يرغب أن يشتّتَ عمله ويجلب شريكًا أو ربّما شركاء آخرين معه، ولذا قرّر إعطاءه ثمنَ أسهمه والاحتفاظ بالشّركة له كاملة، ومحاولة تطويرها من جديد، لأنَّ الأزمة لن تستمرَّ للأبد.

عندما تناقش مع زوجته كان لديها رأيٌ آخر! هي رأت كلّ ما فعلوه أو أرادوا أن يفعلوه أمراً خاطئًا، ليس على أدريان بيع

الشّيء الوحيد الّذي يملكه، وليس على سودام شراء أيّ شيءٍ في هذه الظروف القاهرة! هي أخبرته أن يُعطيه المبلغ المطلوب لإجراء العمليّة، وسيعيده له لاحقاً، دون خسائر للطّرفين.

هي فكّرت لمصلحة زوجها وأدريان كذلك، وأيضاً لمساعدة المسكينة طريحة الفراش زوجته.

سوجين: إنّه صديقُك! عليكَ مساعدتهُ.

سودام: إذا فكّر بأنّه صديقي ليس عليه أذيّتي أوّلاً!

سوجين: زوجتُه في فراش الموتِ! إنّه لا يفكّرُ صائباً، عليك نصحهُ!

سودام: هو لا يأخذُ بأيّ نصيحةٍ! يريدُ مالَه، وسأعطيهِ له!

- من أين ستعطيه ثمن أسهمه؟! هو يملك 44% بالفعل!

- أستطيعُ إعطاءه ثمنَ أسهمه، لكن عندها لن يبقى لديّ سوى بعض الآلاف!

- جيّد، وكيف سنعيش أنا وأنت والفتيات؟!

- الشّركة ماتزال تدرُّ بعض المال، حتّى لو كان قليلًا، ومع ذهابه سيكون كلُّ المال لديّ، والأزمة الاقتصاديّة لن تبقى مدى الحياة! سنعيش لفترة من الوقت بعوزٍ، لكن سننجو في الأخير!

- وماذا عن صديقك؟!

هنا غضبَ سودام وقال: لا تسأليني عنه، هو قرّرَ ما يريدُ فعله بحصّته بالفعل! أنا لستُ مسؤولًا عن توجيهه!

الأزمة الاقتصاديّة كما توقّع السيّد سودام استمرّت لثلاث سنواتٍ أُخرى، وانتهى وفي ظلّها تراجع العقار لأقصى الحدود، فاستغلَّ السيّد سودام هذا التراجُعَ واشترى عدّةَ مبانٍ في أماكن مختلفةٍ بآخر أمواله، ليصبح استثمارًا عظيمًا بعد انتهاء الأزمة الاقتصاديّة، وعودة الناس لاستئجار المتاجر والبيوت والعمارات والمطاعم، وانتعش عملُ السيّد سودام كثيراً، لاسيّما أنَّ لا أحد يشاركه أرباحهُ الآن، هو وفقط هو من يدير الشّركة، والعقار وأسعاره في ارتفاعٍ مستمرٍّ، والسيّد سودام في ثراء مستمرٍّ.

لكنّ راني أدريان زوجته قد فارقَتِ الحياةَ بعد فشل العمليّة، وآخر أمواله صرفها في فترة اكتئابه على زوجته الرّاحلة حتّى أصبح مفلسًا كلّياً، وهو يشاهد صديقه يزداد ثراءً بسبب الشّركة الّتي افتتحاها بأموالهما هما الاثنين!

علاقتهما ببعضهما لم تنتهِ بالطّبع، وكان يشاهده وهو يستمرُّ بالإنجابِ وتكبير عائلته، أمّا هو فوحيدٌ ليس لديه أيّ أبناء أو زوجة، لأنّه أرهقَ نفسه بالعمل لتلك الشركة!

كان يشعر بالغلِّ والظلم، كيف يكون هذا عدلاً؟! ولولا عملُه الجادُّ ونصف أموال التأسيس الّتي كانت أمواله، لم تكن لهذه الشركة أن تُنشأ!

ازدادَ الحقدُ لديه بعد كلّ فتاةٍ ينجبها سودام وكلّ عقارٍ يشتريه ويضمّه لمجموعته.

كان يفكّر أنّ كلّ ما لديه الآن يجب أن يكونَ لديه مثله، حتّى قرّرَ خطّته للانتقام في آخر الأمر!

قتلَ الأبَ، وخطفَ الفتيات، وزوّر وصيّة الوالد، ووقّع الأمّ على تنازلٍ عن كلّ أملاكها له بحجّة أنّه الصّديق الوحيدُ للعائلة، وشريكهم السابق بالعمل، حيثُ ليس لديهم أيّ أقاربٍ هنا، ولا تواصُل لهم مع أقاربهما في كوريّا.

بدا كلّ شيءٍ مثاليًّا، ولم يشكّ أيّ أحدٍ به!

وفي ذلك التّاريخ المنسيّ للجميع خرجَت العائلة المنسيّة في نزهةٍ لإحدى غابات فرنسا حيثُ جاؤوا في ذلك الصيف لقضاء العطلة في باريس تاركين إسبانيا لفترة من الوقت.

اختار الوالدُ قضاءَ ذلك النّهار في الغابة، حيث اشترى قصرًا جديدًا في فرنسا، ورغبَ بتوسيع عمله في أوروبّا والانتقال إلى هذا القصر عندما يستقرُّ عمله في فرنسا.

الفتيات والأمُّ لم يكنَّ يعلمْنَ أيّ شيءٍ عن شراء هذا القصر. الغابةُ واسعة وكثيفةٌ، ويوجد بها طرقٌ خاصّة للسيّارات على ضفاف النّهر المارِّ بالغابة.

كان الوالدان في سيارةٍ بمفردهما، والفتيات السبعُ في سيّارة مرافقة لهما، لأنَّ الأمّ شعرت بالقليل من التّعب في ذاك الوقت، فاستلمت مينا أمر أخواتها الخمسِ الصغيرات، وبقيَت الرّضيعةُ فقط مع الأمِّ.

ولأنَّ مينا دوماً كانَت فتاةً ذكيّة وفطنة، لاحظت شيئًا غريبًا في هذه النّزهةِ، والّتي لم تكن بنزهةٍ أبداً!

إنّهم يسيرون بسرعة أكبر منّا، الحق بهم من فضلك! قالت مينا للسّائقِ.

لكنّه نظر إليها وأدار وجهَه وخفّف السُّرعة أكثر!

قالَت مينا بغضبٍ: لا تجعلْهم يغيبون عن ناظرِنا! لمَ قلّلتَ السّرعة؟! الطريق آمن!

قالَ السّائقُ: يبدو لديَّ عطلٌ بالمحرّكات!

قالَت مينا: السيّارة تسيرُ! كيف لديك عطلٌ؟!

ثمَّ صرخت به: لِمَ توقَّفتَ؟! لقد غابوا عن ناظرِنا!

في السيّارة الأُخرى كان الأب والأُمُّ مشغولَين بحديثِهما مع بعضِهما، بينما الطّفلةُ تغطُّ بالنوم الهادئ.

لكنَّ الأمَّ أشاحَت بنظرها للنّافذة، فلاحظت ألّا يوجدَ شيءٌ تعكسُهُ المرآةُ خلفهم، سيّارةُ الفتيات اختفت!

قالت، وكانَت تنظرُ في جميعِ المرايا: اللّعنة! أين سيّارة الفتيات؟!

قالَ الأب للسائق: أوقِفِ السيّارة!

لكنَّ السّائق نظرَ لهم نظرةً مبهمةً وانعطفَ بطريقٍ آخر!

أما خلفَهم على مسافة خمسمئة مترٍ، أو ربّما أكثر بقليل كانت مينا واقفةً، لا تعلم ماذا تفعل؟! السّائق تركهنَّ واختفى مابين الأشجارِ الّتي يقطعها الطريق، وأخواتها إحداهنَّ تتساءل عمّا حدثَ، وأخريات يبكينَ من الخوفِ!

قالت مينا: سأعودُ في بضعِ دقائقَ، لا تخرجْنَ من السيّارة مهما كلّفَ الأمر، ولا تفتحْنَ الأبوابَ من الدّاخل لأيّ أحدٍ، سأعود سريعاً!

وانطلقَت راكضةً محاولةً اللّحاق بسيّارة والديها.

ركضَت دونَ توقُّفٍ حتّى أصبحَت تسمع صوت بكاء طفلةٍ، والّتي هي بالتّأكيد شقيقتها الصُّغرى، لتركض أسرع وتتوقّف أخيراً لهول صدمتها عندما رأت سيّارة والديها تغوص عميقاً داخل النّهر، وهناك رجلٌ يقفُ ينظر إليهما ويحمل بيديه الطّفلة.

وعندَما استدار قالت مينا باستغرابٍ: العمّ أدريان!

ومنذُ عام ألفٍ وتسعمئةٍ وتسعةٍ وتسعين كانتِ الفتياتُ مخطوفاتٍ في منزلهنَّ! سبعَ عشرةَ سنةً وهنَّ حبيساتُ قصرهنَّ، لا يتجرأْنَ على خطو خطوةٍ واحدةٍ خارجه، ولم يعلمْنَ أنَّ هذا القصر هو ملكاً لوالدهن!

• • • • • • •

أربعٌ من الفتيات لا يرغبنَ بكشف أعينهنَّ، وواحدةٌ حالتُها حرجةٌ، قالَ أحدُ الشّرطيين إلى الضّابط: اتّصلوا بالإسعاف فوراً!

أجابَ الضّابط: حسناً! لقد اتّصلتُ بالإسعاف بالفعل! لا تقتربوا إلى الفتيات الخائفات!

وتوجّهَ إلى مينا وكيول اللّتين كانتا جالستَين بجانب الفتيات، عندما رأتْهُ اقترَبَتْ منه، فأخواتها مايزلنَ هلعاتٍ!

تحدّث معها بالفرنسيّة وقال: هل أنتنَّ بخيرٍ؟

أومأت مينا له، فقال: ستأتي الإسعاف قريباً من أجل شقيقتك، والخاطف بعيدٌ عنكم الآن، لذا لا تقلقْنَ!

ردّتْ مينا بالفرنسيّة أيضاً: من الصّعب ألّا نقلقَ!

- أُقدّم لكِ اعتذاري نيابةً عنّي وعن جميع ضباط الشّرطةِ الفرنسيين!

هكذا قال الضابط وهو يشعرُ بالرّهبة من هذه الجريمة، عندما سمع القصّة من ديلانسي، هي توكّلت أمر إخباره كلّ شيءٍ، بينما مينا تكفّلت بأمر شقيقاتها كعادتها دائماً.

توجّه الضّابط إلى ديلانسي وجيهون وقال: نحن نقدّرُ مافعلتماه حقّاً، أُهنّئكِ على شجاعتك! حقّاً لقد فعلتِ شيئًا لا يمكن لأيّ أحد أن يفعله لسنواتٍ!"

قالت ديلانسي: نعم، لسنواتٍ! كنَّ مخطوفاتٍ لسبعَ عشرةَ سنةً! ماذا سيحدث لهنَّ الآن؟!

قالَ الضّابط: سنتعاملُ مع الأمر أوَّلاً بشكلٍ روتينيّ من أجل إفادتهنَّ، ثمَّ سيخصّصون مسكنًا لهنَّ، وستتكفَّل بهنَّ الدولة، لن نضغط بالتّحقيق معهن، سأتأكّد من هذا.

قالت ديلانسي: أنتَ علمتَ القصّة جيّداً الآنَ، إيّاكم أن تعاملوهنَّ على أنهنَّ مجنوناتٌ! ذلك العجوزُ اللّعين أوهمَ عقولَ الطّفلاتِ بالأكاذيب والخُرافات!

قالَ الضّابط: لن يحصلَ هذا، كونا متأكّدَين!

تدخّل جيهون وقال: إنهنَّ من عائلةٍ غنيّة، تحقّقوا من هذا الشيء أيضاً، لديهنَّ أملاكٌ في إسبانيا وفرنسا.

قالَ الضّابطُ: سنفعلُ كلّ شيءٍ من أجل هؤلاء الفتيات.

قالَ جيهون: هل تحتاجوننا بالتّحقيق أو شيء من هذا القبيل؟!

- لا، أنتما المخبِران! ليس علينا التّحقيق معكما، ولقد
أخذنا إفادتكما بالفعل"

قالَ جيهون: علينا العودة لكوريا بالفعل!

قالَ الضّابط: أنتما حرّان بالكامل!

وغادر وتركَهما بمفردهما.

قالَ جيهون لها: هل نعودُ الآن؟

أومأت له بالإيجاب، فقال: سأطلبُ سيّارة أجرة.

وحدّقا ببعضِهما، كلّ من مينا وديلانسي، ثمَّ ابتسمَت
ديلانسي ابتسامةً رفيعةً وغادرَت مع جيهون إلى المطارِ.

وكانَت طوال طريق الذّهاب إلى المطار صامتةً، جيهون اشترى
لها الماءَ والقهوةَ والطعامَ، وحاول الحديثَ معها، لكن ماتزال
تبدو على تعابيرها الصّدمة والذّهول.

جاءها اتّصال هاتفيّ عندما كانا يستعدّان لركوب الطائرة،
فردّت عليه: نعم، أنا بخير! جيهون أيضاً معي، ونحن بخيرٍ
سنعود قريباً، طائرتنا ستقلع بعد نصف ساعة.

كانت ديلانسي تتحدّثُ مع المدير التنفيذيّ للشركة، وقد
اخبرته بكل شيئ وسبب مجيء جيهون وايضاً سبب تجاهل

مكالماته ولا ولم يكن للمدير التّنفيذي ردّة فعلٍ تُذكَر غير أنّه صُقعَ بما سمعَه، وطلبَ منهما أن يكونا أكثر حذراً، ويأتيا سالمين.

قالَ جيهون: هل أنتِ بخيرٍ؟!

أومأت ديلانسي بالإيجابِ.

قالَ جيهون: ما حدثَ أشبه بالخيال! أنتِ شجاعةٌ جدّاً ديلانسي!

قالَت ديلانسي: وأنتَ ذكّي وفطن للغاية!

جيهون كان قد شعرَ بالقلق عليها منذُ اللّحظة الّتي رأى فضولَها حولَ ذلك القصر! ومع السّمعة الّتي تحيطُ به بقي يسألُ في كوريا عن عائلة بارك سودام الّتي اختفَت فجأةً، والّذي عرف بها من خلال سؤاله لأحدِ الكوريين القاطنين في فرنسا عن قصّة هذا القصر.

ولذا ربط اختفاءها وتجاهلها للمكالماتِ مع فضولها للقصر، واستنتجَ أنّها لربّما تكون في وضعٍ خطرٍ بمفردِها، لذا استقلَّ أوَّل طيارةٍ وجدَها لباريس، حتّى دونَ علم مدراء الشّركة.

قالَ جيهون لديلانسي عندَما تفقّد الأخبار في هاتفه:

- انظري! إنّهم يقولون عنّي مصابٌ بكاحلي!
- عليكَ أن تعرجَ بمجرّد وصولكَ إلى كوريا! ولا تجعل أيّ
صحفيّ أو معجب يُمسكُ بك في المطار.
- رائع! هيّا بنا، الطائرةُ ستقلعُ بعد دقائق.

سارَا معاً، ثمَّ توقّفَت هي، وجيهون أكمل طريقَه قليلاً، ثمَّ
توقّفَ واستدار إليها وقال: الطيّارة ستقلعُ، نحن متأخّران
بالفعل!

- لا أشعر أنّي أرغبُ بالعودة! أنا لا أريدُ تركهُنَّ!
اقترَبَت إليه أكثر وأمسكت بكفّه: اذهبْ وأخبر الجميعَ بما
حدثَ للشّقيقات السبع! أنا أثقُ بكَ جيهون!
ديلانسي لم تكن تريدُ أن تكونَ هذه هي نهايةُ الفتياتِ
السبعِ المظلومات.

لن ينتهي الأمرُ هنا